目录

当我们谈起星座

1. 有个熟人，叫大林，才四十多，冷不丁的，竟死了，以那样的方式，像一个小心翼翼的耳光，无声息地打在我们赤裸的脸上，倒也没什么特别的痛感，毕竟，嗯，真的蛮忙的，尤其我们这个圈子。

……每个地方，都有各种小圈子，而每个小圈子，其基本活动方式就是不同名目的聚会与饭局。你晓得的，到处都是这个样子。我们都习惯并需要这样的圈子。

大林呢，算是鄙圈的，也忘了认识多久，反正看上去也是有模有样的。我们这圈子就是这样的，大家都煞有其事地混着，若干年下来，便都有“分量”、有“格局”了，常会摆出一副懒洋洋的表情，被别人这样地介绍：新锐画家某某，知名编剧某某，领袖诗人某某某，首席设计师某某之类的。介绍到大林时，常常会发现他不知钻到哪里去了，可能是在替大家点菜、找服务生要空调遥控器什么的，就算好不容易逮到，他也会滑稽地一碰脚后跟、站得笔直，伸出两根手指贴着眉毛，敬个微型的西式礼：“诸位好，我是来打酱油的。”大家哄笑：“我也是！我也是！”嘿，谁不是呢。

大林长着一张溜圆的脸，黑粗镜框，人缘好极了，不论新朋旧友，再“格色”再“端”的，他都能逗弄得对方走下云头。聚会时，他一般负责搞气氛——一个像样的聚会，是需要角色构成的，咳唾成玉的大人物、豪放的买单人、抽风的酒鬼、壁花美女、持不同政见者、插科打诨的，等等。大林呢，约莫就是最后那个角色，他掐掐捏捏的懂点测字与释梦；擅长用文雅的方式讲荤腥段子；还有点小丑风格的表演才能，模仿某位名人模仿一个结巴什么的，能让大家欢乐得胃口大开。哪次聚会没他，那真像是高汤里少了一小撮盐。

近些年，弄顿热腾腾的“高汤”越来越不容易了——大家都熬过了寒酸的季节，或多或少地阔了，彼此反不若从前那般的亲密无间。比如，这个大佬与那个大佬，不知什么缘故，不对路子了，且各有各的拥趸，场合上虽也共同露面，但那面目里的生硬，蛮让旁观者难受的。再比如，好好的搞个创意吧，这几个只想要媒体效应，那几个却图个真金白银，有的想沾点主旋律的好处，有的则恨不得把反骨支在脑门子上，几种想法一搅和，到最后就弄成了四不像。当然还有其他更多的小麻烦，关于介绍的先后、发言的安排、采访与见报的篇幅，等等，更不用说某个异性不均匀的荷尔蒙作用，等等——其实也不奇怪，都是艺术家嘛，“难搞”就是他们的特征。

这样的时候，大林就有点作用了。他上下左右跳跳，暖场，救场，甚至让大家笑场。就算他把所有的宝都耍完了，总还会有最后的救命稻草：星座。这真是屡试不爽的万灵妙药，一旦席上尴尬或是僵持了，大林就会不动声色像是无聊地问起身边的姑娘——她毫无疑问相当漂亮并有着同样漂亮的无知，你知道的，圈子里永远都会有不断加入的新鲜人，像流动的河水一样冲刷着我们这些生了青苔的石头：“嗳，小某，你信不信，我能猜出你的星座？”

“不可能吧。第一次见，就能猜得出？”姑娘的明眸在桌子上流转，灯光下这一张张保养优良、牛叉极了的脸，她可仰慕多时了呢。

“对，是挺难的，”大林真诚地盯着她，“那不如，我猜你喜欢谁好不好？”

小某的脸，得体地红了：“那算了，你还是猜星座吧。”

大林于是拉起姑娘的右手，一点不色情地看了许久，无聊中的我们都在无聊地等。大林最终慢吞吞地说：“你的手……真白。”

哈哈，我们笑了。大林不笑，仍旧拉着那手：“我知道了，你这个星座跟金牛座最合的！在座的，哪位男士是金牛？”

星座的小火苗，一点就燎原了。马上有人自动认领或相互指认，又有半老的男人假装生气，说大林欺负他不懂得星座不星座的，大林连忙认错，并开始扫盲，以席上各位的星座为教材，分析其性格强弱、扑朔迷离的桃花史与令人感慨的命运曲线……星座学真跟红楼学一样的深不见底，甚至可具体到每日运势——大林在手机上找到专业网站，输入某人的星座，并配合其生肖、出生时辰以及血型什么的，然后一本正经地逐字念出：你明天出门一定要戴绿色饰品（眼镜也算）；午休时间可能会遭遇暗恋者表白；建议逛名品店，会碰到心仪货品打折。

瞧，是有点意思吧，席上哄哄然狂欢了。人本来就是自恋的动物，艺术家更是自恋之王，有的还会延伸到自己的旧恋人、未来的追求者、某个同行（对手）等。一时间，各种细嗓门粗嗓门都在抢提问权：那白羊座的下月运势如何？你替我测测下个星期的社交禁忌？嗳，我！摩羯的速配星座是什么？

对照、惊愕、拍大腿——碰杯、喝酒。怀疑、笃信、一声叹息——碰杯、喝酒。桌上如火锅烧开了一般……大家都那样的天真、投入、欢乐，好像这茫茫人世间除了星座值得信赖、还算有趣、还能一谈，别的就全是他妈的狗屁。

当然也有人嘀咕："什么星座不星座的，我从来不信！我工作室最近忙死了，专程赶过来就为听这些？都是大林闹的！"

"行啦，这年头谁还一本正经谈话啊，就是互相打发打发，搞个气氛呗。就算大林不在，也同样会有人聊起星座的，全天下都这样，所有聚会都这样，不谈星座别的还谈什么呢。再说，星座有时也蛮灵的，就是男女相亲、填大学志愿、单位招聘什么的，也要分析星座的，你别老土了。”

“哼！”这位抿住嘴，想想还是不服气，“我就不明白，这大林到底干吗的，不能写不能画的，就这么无事劳的瞎混？”

“没听过‘社交名媛’么，我觉着大林就是这么一朵很正点的交际花。”有人插话，他手里正翻着一本死厚死沉、180 克铜版纸的设计杂志，他翻到封三，用指头点着由露肩礼服、手袋、名表和珠宝构成的“爬梯”照片。

这位于是低头凑到杂志上去，把眼镜推到头顶研究了好一会儿美人图，思索片刻：“我们这个圈子，都应当是‘家’嘛，谁说大林不是呢，他是社交家。”

闲聊的这几位，的确是一等一的“大家”，作曲家的歌五年前上过春晚，影评家则是“金扫帚”票房毒药大奖的独立影评人。他们虽则嘴中刻薄，这不过是圈子里一贯的表达方式，其实跟大林都是好朋友，家里侄子找实习单位、车子年检或身份证挂失什么的，都是大林替他们搞定——弄艺术的人，最是面嫩，又藐视社会规则，世俗能力总是弱的，尤其讨厌等人、找人或是与人理论。大林呢，并没什么社会关系，大事办不了，这些恼人的小事，绝对可以一手包办。所以，也对，就算是社交家吧。

……大林后来也听到这个玩笑了，索性直接拿来用，做了一张花哨名片，自称“非著名社交家”，在圈子里发着玩。

“这个顶适合你！你看我们还做不了呢。”大家弹着名片发笑，知道他才不会把这个当回事儿。大林天性乐观，从不摆死脸。不像圈子里的大部分家伙，为了艺术或非艺术的烦恼，搞不好就“low”了，脸色总那么难看，情绪总那么愁苦，强迫症、抑郁症、失眠症、梦游症、亢奋狂想症什么的简直就是日常装备，谁要没有，那还真是没得艺术前途了。

2. 现在回想，大林还真是不辱“社交家”这一名号。目下遭逢盛世，所谓文化大繁荣，活动委实太多，诸如新书发布、名人对话、拍卖品预展、中韩水墨记、两岸书家会之类的，简直没完没了，其实是“老三篇”，大家都不耐烦极了，这个借口出差，那个托病不便，反正总有人缺席，倒是大林那四喜丸子脸绝对一场不落，笑容可掬地晃来晃去，如及时雨一般——可接待记者，可带头鼓掌，可替众人拍合影，可与音响师沟通，可签字代领车马费……一天天的，大家对他都有感情了。

而圈子里的社交感情嘛，就像我们与星座的关系，你懂的，又不可能当真疼到肉里戳到心里的，就是一种含含糊糊的场面上的热闹感觉。

不知大林是否也意识到他已经拥有了我们的“关系”。总之，就在不久前，他居然“策划”起一个“大爬梯”了，几乎邀请了我们这个圈子里所有的大人物与中等人物，并巧妙地暗示，这是一次单纯的“同好雅集”，并没有润笔费、剪彩费或随便什么费。

不消说，我们相当意外，乍一接到邀请，简直有些酸不溜丢的，他算老几呀，一直跟着跑跑龙套的，现在竟占起我们的便宜？开玩笑，我们哪是随便请的，省图书馆的演讲都推掉了；开玩笑，5000块以下的出场费根本都不考虑的呢；开玩笑，多大的官员都不放在眼里，还怕得罪大林吗。

不过，那些小器量的念头也就是一秒钟的事，大家毕竟都是成熟的理性的动物，想想大林也曾帮过忙，虽然是些芝麻绿豆的提不上筷子的忙，可他毕竟在圈子里混了这么久，哪怕仅仅是出于人道主义……再说，越是平常人物，越是不要怠慢了，传出去会显得太势利了。而且，这种事情，一次头的买卖呗，就算大林再有本事操办，以后断断是不可能再给他面子的。

可能大家的心理都差不多，彼此暗中打听一番。“你去不？你要去的话那我也跑一趟吧！”“烦呢，地方很偏，都没听说过！”

聚会地点确实远，出了市区上绕城高速要开很久，下来再穿过一大片树林，弯弯绕绕转过一个大水库，接着又是无边际的人造湿地……最终，大家坐定，环顾一番，嗬，这地方可以呀，远离尘嚣、别拥山水自不用说，也太实在了，桌椅，器具，摆件，墙上地上顶上，包括侍者的制服与卫生间水龙头，全像码着美元欧元或支票。这是什么主儿的地盘哪。

看到桌上的嘉宾名单，大家更吃惊了，大林这场子搭得很牛呢，绝对跨界，绝对“高、大、全”，有多年不出山的老家伙，有新崭崭的当红炸子鸡，有的连我们也只是听过大名，大林何德何能，能凑成这么个局呢——稍后大家有空咬耳朵一碰，哦，原来大林运作这个“场子”是有一套“方法论”的。

比如，圈子里最有影响力、画作被旧金山亚洲艺术馆收藏的A老，完全不可能请动的。可A老有个忘年交，年方21岁的研一女生小B，大林先跟小B讲定（她跟大林一样，是星座专家，两人常有业务探讨），通过小B去搞定A老；而A老一定下来，与A老地位相当的著名作家老C觉得他不去的话，反而不对了；A老与老C一出来，画坛文坛别的画家与作家D、E、F便不会推托了……再往周边推，以每个人为圆心进行涟漪般的扩散，版画家E与设计师G是同门师兄弟，而概念摄影师F与女诗人H一般喜欢出双入对。同时，他们分别又有交好的昆曲名角I、出版界大牛J、言论公知名人K。如此这般，这般如此。

想想也有点感叹呢，随便换作我们哪一个，恐怕都没有这么周全的耐心与巧心。社交力也是生产力。

但看今天的大林——起先他是站在拱廊的台阶处，照应着四面八方的漫长寒暄，一边极为恳切地搀着这个老某、挽着那个某老，把他们一一带入。他那富有仪式感与历史感的架势，像有最长的红地毯铺着，像有一百个镜头与闪光灯对着，像在进行网络视频与卫星直播，让观者都陷入某种荣幸而高雅的情境……这会儿，他守在签到厅，带点小淘气地，给这个伺候着笔墨，夸赞某女士的帽子或某男士的烟斗，或是赞叹谁谁引起争议的新作，浑身散发着头牌司仪般的熠熠光彩。

妈的，今天简直是他的大喜日子啊。我们远远地观赏，感到一丝助人为乐的欣慰感。

只是这个聚会的主旨一直隐而不露，现场看不到横幅、主题墙，也没有海报或“易拉宝”，没有不停播放的企业形象片，没有人手一份的集团画册或项目策划书，总之，没有任何信息可以说明此次活动的性质与目的。我们如常地闲聊，心中却暗中思量，世上绝没有无缘无故的雅集，真不知大林要打我们什么主意呢。

聚会渐至好处，葡萄酒苏打水冰块，蛋挞慕思草莓，侍者高举着托盘跑来跑去，还有一个器乐四人组在一侧很有分寸地搞情调。

会所主人姓蔺，蔺相如的蔺，四肢孔武，面相粗放，反倒像武将的后人。在大林的引导下，着马球衫的蔺总在各个台席间穿行，大林挨个儿地替宾主作着流光溢彩的介绍。这是他的强项，他对我们太熟悉了，随便谁在哪个旮旯获过什么破奖，再冷门再拗口的他都能吹得像诺奖似的，惹得蔺总一阵阵惊叹，极其谦逊地递上名片敬称“大师”，邀请各位“大师”以后到他的会所做客，他另外还有几处风格不同的，大家看哪里方便就好。

而关于这位蔺总，大林避重就轻，只说蔺总对艺术很关注、搞点人像摄影什么的。哦，摄影。大家点头。大林顺便就蔺总的摄影装备进行了重点介绍，光是那些个镜头，就够惊人了。

我们啜着红酒，用指尖拈半块曲奇，仍在相互嘀咕，竭力想要摸到这个聚会的脉络所在。

“这位蔺某肯定是赚钱赚得无聊了，就玩艺术圈呗。”这样的人，现在也多，常以“金主”的身份到我们圈子里来打几个照面，搞点艺术或貌似搞点艺术，顺便洗洗钱。

“现在什么人都搞摄影！他那个哈苏，他妈的我都没摸过。放他手上，东北人怎么说的，白瞎了！”说话的连连咂嘴。

“哈苏！他真有钱玩哈勃呀。”

“切，专攻人像摄影，我看是替小三小四拍拍写真吧。”

“等一等，我晓得了！”有人轻轻敲敲桌子，表情突地严峻了，“搞不好这场鸿门宴最后是替我们拍照片吧。”

开玩笑！我们可都是有影响力和公信力的，难道想拍就拍？版权在哪里？使用权在哪里？如作商业用途又怎么说？有人当即百度，查到这位蔺总下面的子公司，业务范围涉及医药、房产、保险，保不准最后会拿大家的肖像照去弄些铜臭熏天的事来！

众人胡乱猜测，有人埋怨大林做事不知轻重，也有人觉着大林可能也不知其详。当然呢，其实也无妨，都是场子上混的人，这么多年下来，说“不”的资本与技巧已经越来越高了，尤其对我们宝贵、苦短的艺术生命来说，更该在必要的时候坚定地说“不”。哈哈这位蔺先生到最后肯定会白欢喜一场的。至于大林最后怎么交代，管不了那么多了。

这么一盘算，大家反而心安了，只管举着美酒热络畅谈，一位书法家还上去抚了几把古琴，昆剧院的当家闺门旦则起舞为其助兴，气氛真是越来越洽好。所谓社交嘛，就是这样的，越是没有下文，上文就越要显得热火。

这样深度配合着的气氛一定让大林很是受用吧，他如小火把似的热气腾腾地四处走动，跟各个桌子的“兄弟们”开玩笑、抢蛋糕、互相点烟、不时地仰头大笑，掀起快活的波浪，十足烈火烹油，左右逢源的轻佻劲儿——算了，由着他耍吧，不是给面子么，给到底，反正也没下文。

那位蔺总在不远处一边举杯吞着酒，一边机械地拿坚果下酒，像在思考人生要义，姿势如同某个俗气的电影镜头。再仔细点看，他其实一直注意着大林，眼神里竟有着几分沉痛。大林呢，偶尔回看一下蔺总那个方向，带着点羞怯的胜利感。搞什么名堂呢。

时间慢吞吞地过着，人们各自闷头打电话、玩 iPad、四处走动到外头透气，再拖下去就要散黄了，不如赶紧的图穷匕见吧。终于，有人拍话筒了，一看，是蔺总。

蔺总另一只手仍举着酒，脸还是白的，舌头不算大，脚步也稳，依然极其谦逊，以他的那种方式：“各位大师，有缘千里来相识，今天真是蓬荜生辉，蔺某实在是三生有幸，能够与各位大师欢聚一堂……在此，我要隆重感谢大林！大林啊，过来，来这边，咱们要喝一杯。”

大林此前是在跟几位年轻女士研讨塔罗牌，因蔺总发表宏论，便停下仰头聆听，猛听得喊他上去喝酒，大林显得意外，他那一角的人连忙起哄架秧子地推他上去。是啊，喝呗，早喝了早散，大家都忙，还有别的场子要赶呢。

大林于是跑上去，手中还捏着几张花花绿绿的纸牌，表情也没收拾好。其实蔺总喊他上来，大概只是为了抒情吧。蔺总对大林举举杯子，又转向话筒：“各位大师有所不知，借这千载难逢的机会汇报一下，我跟大林从光屁股就认识的，小学中学一路过来的同学。大林书念得好，名列前茅，是老师的心头肉，我呢，名落孙山，是老师的眼中钉。我家老子一看到大林的脸就打我屁股，打得屁滚尿流……”大家配合地拍手。一位编剧小声评价：“他成语掌握得不错。”

大林也在笑，略显不够自然。

“可讲实话，我不服气，成绩有个屁用，对不起，各位大师，我讲粗话了。我的意思是，谁最能混才是硬道理，现在你们看看。”蔺总看来还有点演讲的艺术，他戛然而止，像演员谢幕般地平举起两只手臂，把下巴半抬起来，指向这个金碧辉煌的会所，从左边移到右边，又从右边移到左边，手上的大酒杯晃荡着，可以看到里头红酒的“挂壁”颇厚，像最微型的帷幕一样慢慢垂挂着——座中刚才有位教授替这酒估过价，一瓶起码人民币四五千，他中途溜到地下酒窖转了一圈，回来显得有些愤然，叽里咕噜说了一长串谁也听不懂的酒牌名。教授曾应邀在澳大利亚讲学过两个月，回来后便以红酒鉴品专家在圈内闻名。

蔺总的上等红酒在每个人的杯中晃动着，大家这回没有拍手，现场一片寂静，好像听到流金淌银的无声巨响。是啊，从内心而言，大家黑头发熬成白头发、白头发熬成没头发的，图的什么呢，差不多也就是能像这位蔺某一样，抬着下巴，做个牛叉的谢幕动作。可是，他这么赤裸裸地以大林为参照物来夸耀其成功，实在太粗鲁了。大林好歹算我们的人哪，而且“鄙圈”一向是以视金钱若粪土而区别于世人的，最起码姿态上是如此。蔺总来这一出算是什么？喝多了，肯定是喝多了。

大林极度地抱愧而难堪，手里几张塔罗牌都给捏得软了，一双眼睛在粗框眼镜后面冲大家直赔眼色，有些可怜。

气氛有点胶着，蔺总却像演员似的，表情猛地一换，动作很大幅地把酒杯直举到大林鼻子跟前：“大林，怪不得你死不肯认输。今天我算明白了。看来你真是吃得开的！结交了这么多响当当的大师、名人，绝对了！还真是没有吹牛，一分钱不用花，一喊人家就来了，老子我认了！来，敬你！”蔺总冲杯子戳戳大拇指，系领结的侍者紧步上来替他加满，他仰起脖子，像倒啤酒似的，从喉咙管里直灌下去。

哈。大家哑然，但还是拍起手来。原来如此，大林搞的就是个主题阙如、只需面子到场的聚会嘛，真是的，还害得我们刚才好一阵猜度……这样也好，我们倒替大林挣了个上风呢。看看，艺术毕竟还是艺术啊，四两拨千斤，大林只要沾点边，那蔺总就算有再多的会所、别墅也得“认”。

“嗳，大林你酒杯呢？拿来，满上！”蔺总抹着嘴角直嚷。

大林正满脸是笑、笑得两边的肩膀都在抖，却没声音，还真没见他这样笑过呢。他手中的塔罗牌掉地了，被他的脚踩住了，他都没注意，只管全力以赴地笑，然后接过满满的酒杯子，同样喝啤酒似的仰头便倒。

另一侧的小乐队很有眼色地提高了音量，欢快地奏起了拉德斯基进行曲。大家站起来拍手，有的还跺脚，他妈的活像在中国版的维也纳金色大厅。

如果感到高兴你就跺跺脚，如果感到高兴你就跺跺脚，如果感到高兴你就跺跺脚。

3. 理论上，大林成为圈子的主角，应当只有这么一次吧。乏味如生活的，照旧乏味，繁荣如艺术的，仍然繁荣，腐朽如社交的，继续腐朽……事实上，不久之后，他又一次成了中心，不，这么说不是很准确，应当说，是他的名字成了中心。他的名字，发出了类似于电动自行车的刹车音，震荡了慵懒的空气，震荡了我们的耳膜、视网膜、心肝肺与大脑皮层。

是的，如开头所说，他竟是死了。

直到最近的一次聚会——为新开张的画家村捧场，大家才得知这个消息，人像往常一样不太齐，有的到上海办签证，有的去深圳布展，有的说是在家闭关。不过少了大林，这个初次的同时也是永久的缺席者，感觉颇是怪怪的。距大林出事已经快十天了，不少人还不知道。

他从他家所在的19层阳台上跳了出去，具体一跃的时间应为凌晨三点多。阳台上有个植物枯萎了的小花盆，里头戳满了一层新烟头；他手机里最近的通话记录是前一天晚上十一点多，一个编导找的他。说的什么呢？编导无辜地摊开手："请他替我儿子找个物理补习，他挺正常的呀，我想要南师附中的特级，他说好第二天答复我的……"

"可惜，我要有他的电话就好了，他就跳不成了。"我们当中的音乐台DJ叹息一声，音质如醇酒。"那晚我在外边儿喝得多了，本想着喊大林来帮我开车回去的，妈的，翻了好一会儿手机，发现没存他的号，还想找你们谁问的呢，想想都两点多，怕你们睡了。冷风里站了一刻钟才打到车。唉，要找到他电话，以他的热心肠，一准会来替我开车的，就不可能跳楼了。"隔了一会儿，他严谨地补充："最起码那晚不会跳。"

“想想啊，那晚我干吗了？”策展人摸摸他新发型，“对了，那晚我刚剃了这个光头，你们看看，我这头型，蛮好的吧。夜里头失眠，就走明城墙去了，我一边走还一边乱想着，要是策划一个全体艺术家的光头造型、在墙头暴走，月光下，无数的光头模糊地起伏、飘浮，那绝对牛 B 啊。你们相信吗，我当时还真想到大林的，你们这些家伙忽冷忽热的不好说，但大林肯定会第一个响应我，把头发给剃光喽，他那脑袋饱饱的、光头正合适。唉，再也看不到大林那圆头圆脑的了。”

毕竟处了这么些年，大家不免一阵嗟叹，同时百思不解：大林那炭火般的好心肠，红花绿叶的好性格，怎么会起了这种堪比行为艺术的念头呢。

反正这场子还得撑会儿，媒体都还没撤呢，不如谈谈大林好了。是不是工作上出什么事了，啧，问了一圈，竟没人说得清他在哪里“高就”。有说他是哪个出版社的美编，有人记得他做过平面设计，还有人说他在少年宫做培训，带中学生上水彩课。

可能是性格缺陷吧？有人大摇其头：“我们谁都有缺陷，大林还真没有。”

“不同意，”另一位反驳，“你们想想，他这个人哪儿哪儿都好、一直一直都好，不可能这样的嘛，除非他是装的、是遮蔽性的。这才可怕呢，轻轻一戳就会破。”

那不如就再要壶茶，咱们找找看，什么东西戳着大林了？

于是扑向废纸篓似的，比赛看谁眼尖心细，尽可能地多扒拉出一点大林最后阶段的碎片片……大林要知道我们这么地尽心，肯定会蛮高兴的吧。我们似乎可以看到他那四喜丸子的脸，黑框眼镜闪动着，他从某个角落里站起身来，热络地替我们张罗着，去叫服务员泡一壶新茶去了。

编剧说，用穿越式的架空语气：“以前不知道他抽烟的，最近他身上有烟味了，很重呐。”

新派四格漫画家则忆起件怪事，几天前托大林办个急事，大林罕见地隔了很久才到，鞋子上全是黄泥，他吭哧着解释，到东郊的小树林去转了一圈。一个人到那荒地干吗去了，漫画家随口问。大林脸上一红，表情艰涩，只打个哈哈，回避了。

“啊对了，”正拿“爱疯”对着咬了一口的榴梿酥拍特写的微博名人突然插嘴，“上次大林搞的那个聚会，他表现有点夸张，尤其是最后那一通笑，你们不记得吗？我当时还拍照了，回家仔细看看，发现他笑得相当瘆人，删了。”

那聚会已过去蛮久了，他要不提我们还真忘了，毕竟，新聚会像春天的花瓣一样层层叠加着，旧的场景则像秋天的叶子那样掉落着，哪里记得住哟，这也是必须的新陈代谢。

“那聚会不是史无前例地成功嘛，一分钱没出，就纯粹为撑个面子，那么奢侈的大阵容！”

“没准大林回家倒头一想，这个了不起、成功的聚会，统统都靠大家呀，他仍然啥都不是。”这话听得人蛮舒服的，有几位不由自主地点头，坦然承认自己的光芒效应。

“不会吧，大林跟我们又不是一天两天的，真要自卑，早千疮百孔、死多少回了。”

“行了，想那么复杂！保不定就是抑郁症。我最近还研究了下，这种病就是平常比哪个都好，一发作就是个寻死觅活、全世界都拉不住，越是成功人士越容易抑郁，自我期望值高嘛，就是好到天上他仍然觉得自己很怂！你看看，那些私企主、教授啊、明星什么的，自杀率可高了。”

“大林肯定不算这一类的吧。”有人不信，好像得抑郁症也是要有资格证书的。

大家胡乱凑着话，聊天儿就是这样的。“嗳，有人去送送他的吗？”这倒问得有点冷不丁。想想呢，大林平常对待我们，那么赤诚，好比一个无条件的、忠心耿耿的追慕者。

还真没呢，随即各自解释。消息来得太迟了。嗨，我当时正好人在西藏呢。我还以为是个谣言呢。我倒是想去的，没人张罗呀。咱也不认识他家，不知怎么联系他家里人……

有人问：“嗳对了，大林结婚没啊？有孩子没？父母在南京吗？”

大家互相望望，语塞中感到一丝惊讶，奇怪，真是对大林所知甚少啊，平常他净是逗趣，很少说起自己，当然，也没人当真感兴趣……毕竟，他就是大林嘛。

“就是有老婆，也不会对大林太好的。女人，那是多势利的物种！”拿过文华表演奖的京丑不知为何发起感慨。他离婚多年，并坚持不婚。

“就是有孩子，也一样势利——小孩长大的第一件事就是比老爸。我们这么些年，不都是在替小孩卖命。我倒宁可大林是个老光棍呢。”

“哦，我！我到他家去过，”咬着雪茄的策展人突然举手，“也不是特地，我笔记本突然中毒，大林带我去找电脑公司挽救文件。要知道，我有许多很棒的灵感都在电脑里。记得中途在他家停了一下。”

策展人皱起眉，竭力回忆。“不过，真忘了他家具体住哪儿了，也忘了他家里有些什么人，因为我只在客厅站了一会儿。想起来了，”策展人忽然喃喃笑了，“他家里有个类似博古架的木柜子，装得满满的，我翻了翻，尽是些邀请函、拍卖目录、展品图集、嘉宾证、活动议程什么的，有的上面还有些乱七八糟的签名儿。大林把这堆垃圾都好好收着呢。你们这些家伙，就从没人送过他一字半画的？”

大家抢着摆手：“他没开过口呀，字画得对方讨要的，哪能赶着送。再说，总以为时间长着呢，谁想到他会走呢！”也有人叹息：“这方面，大林最自觉了，多少外人到圈子里混，不就想白拿些字画！”

“其实，我们算是都见过大林最后一面了——想想上次那次聚会，基本都去齐全了嘛。”

“啧啧你别说了，听着心里发毛，好像那个聚会就是大林自己弄的告别式似的。”

话说到这里，好像被冷风呛住了。大林这无法辨识、戛然而止的命运，让大家心里有点不得劲。有人咳嗽一声，谈起上一轮保利秋拍的行情，气氛勉强死灰复燃……好久没吭声的电台女主播却又打断，颇为生硬地让我们“等一下再谈业务”，她环顾众人，慢吞吞、别有用意似的问：“嗳，我说，这么些年，咱们都是朋友吧？”

那还用说。铁哥儿铁姐儿们呀。钢钢的。大家自然如是说。

她露出一丝下了圈套的短促笑容：“那我问问，除了我的工作，你们了解我什么？知道我多大？家住哪儿？结婚了还是离婚了？我身体怎样心情怎样？我的梦想是什么？如果我突然出事了，你们这些家伙也不知道到哪儿送我吧？”

给她这么一问，大家似乎也耸然一惊，彼此错开眼神。有人忙俏皮地打岔：“你跟大林比什么！他不也说自己……是打酱油的。你都得过两届金话筒奖了，我们都是你粉丝呀。”

“切，粉丝。我们互粉。”她冷淡地一笑。这些词，真说得太多、听得太多了。

另一个的回答机智些：“行了大才女，你说的那些都属于女生的超级隐私，谁敢乱打听啊？不过，我知道你的星座哎，你是‘太阳落在狮子，月亮落在金牛，上升在天蝎’对不对？大林有次特地替你分析过，你看我都记得一清二楚！”

女主播并不领情。“撇开大林，就说我们几个！”她随手指着身边的动漫大师，此人最近火速蹿红，在国内的3D设计领域，排位绝对靠前，“他总不是女人吧，你们了解他多少？不许再说星座。”

大家看看设计师，仍是语塞，很快有人胡乱说他白酒能喝一斤，有人说他微博开了三个，倒是设计师自己出来打圆场，对女主播举举杯子：“别顶真了，这个太正常了，出来混嘛，都是赤条条的，没有人会随身带着户口本、结婚证、日记、药方子、愿望清单或凌晨噩梦，婆婆妈妈的像个杂货铺……”

“你们就只知道我的星座，我也只知道你们的星座！我们彼此之间，跟与大林之间，有什么两样！”女主播竟然哽咽了，“可是，真该死，我偏想不起大林的来了，你们谁记得的？要详细一点的，月亮和太阳的都要，我来查一查他跳楼那天的星座运势……”

不知谁叹口气，用干巴巴的声音安慰她：“看看，你还真以为星座算个什么呢。”

“好了好了，难得聚聚，不如还是聊聊保利秋拍吧。”有人费力地重新拾起方才的话题。

时间有点迟了，今天的场子要散了，服务生开始搬弄桌椅，把烟灰缸、杯碟、残酒什么的往塑料框里扔，卷起雪白的桌布和金色围幔……刚才还十分体面、摩登的现场眼看着便恢复了本来的粗鄙。

我们也纷纷起身、拿起外套，轻松地伸展肢体。像以往的这个时刻一样，伴随着对杯盘狼藉、曲终人散的厌倦，内心里却总会升腾起一种被火苗所灼的孤独感，大家像往常一样亲热地大声道别，相约着“哪天有空多喊几个鸟人好好喝上一顿”。

2013 年 2 月

今日忌有情

[**提词人语**] 知道吧？每天一睁眼，你当日的活动背景便已设定，帷幕已撩开，妆容已上好，你的台词，也已替你写就。站在大幕一侧，我是你无所不在、忠心耿耿的提词人。

每刻皆有既定的戏份。上司面前，你殚思竭虑；孩子面前，你道德洁净；与爱慕的异性，你肉身颠倒；对候机厅的陌生人，你冷酷扮神秘；宠物前，你乃具有伟大意志的灵长类生物……

事实上，你也知道，这种种，皆不是真的。你、我、他，只不过是在扮演某个片断的自己！

所有的表演都是一次性的，也是重复性和交叉性的——此一场景，你是主人公，他们乃龙套或观众；换一个地方，他们是大明星，你则成了陪衬与小人物。

天为幕、地为台，这是无边际无始终的人间表演场，大家一起蒙着眼儿、昧着心儿，往前走、往光里走、往黑里走、往虚空里走。

不过，嘘，该你上场了——

第一幕

她一进来，老程就看出，跟在单位大不同，她是隆重的。衣着、发式，包括香水（这种情景，总有既定的构成不是吗），只是表情没配好：迟疑，游离，一进门便下意识地四处打量……

老程于是放弃了设想：像少年人那样轻狂地激吻，含糊的情话中，一边扯衣服一边滚上床。这放弃，也是如释重负的，他怕自己学不像，反弄坏了。

“坐吧。怎么样？还好吧？”发现自己采用了日常用语，老程感到轻微的沮丧。

从办公室到这个酒店，跨过了多少心理屏障与道德折磨啊，那极其曲折的过程，漫长得让他先是佩服自己，然后蔑视自己。

其实，也不是有多么喜欢她。说到底，大约只是因年纪渐长，需要给枯燥的岁月一份慰藉，对将要疏远的性事，来一个贴合世风的收尾，打破可怜的零纪录。这么的，他才决定，选中今天，趁着妻子出短差，从多年的看客转为主演，让自己也来扮一回偷情人。

作为女主角，经过可以理解的反复与磕磕绊绊，她最终接受了这戏份。是啊，她也到了性别意义的尾巴上，这么些年，一直出演“某人妻”、“某人母”与“办公室某女士”，所以这一次要加油，要演好，没有NG的机会，一次性的胶片，一小时三十分的约定长度——这是办公室的午休时间。

她呼口气，用一种调皮的表情笑了笑，边理发梢边偏着头：“给我倒杯水呀。”这是设计好的一串动作，太流畅了，反显僵硬。但总归，是积极的。

倒水的时候，老程想起在书上看到的一个细节，颇为销魂：男人把一口红酒喝到嘴里，通过吻，极缓慢地搅拌着舌头喂给女人。可这水，是刚烧的，很烫！

端上水，注意到她表情又不对了。她坐到椅子上，掏出手机，翻到日历上，犹豫着小声开了口：“我……我只知道是星期三，没注意到今天是九月二十四。”

“怎么？”难道日期会有问题？他往窗帘处看看，好像那里站着今天的导演，可以替他释疑解惑。

“九月二十四，他的最后一天。”她仍是小声，一边合上手机，眼圈红了，非常真实的红。怎么回事？

老程知道她那个丈夫很健康，有时到单位来替她拿水果与色拉油。那么，那是谁呢？在这个时候冒出来，跟此情此景有关系吗？不在场的九月二十四号的死者，要把这个中午给弄砸了吗？

但只能往下接。“谁啊？”

“初恋。”她闷闷地吸了一下鼻子。三十七岁的女人，初次偷情的酒店里，忽然为初恋的忌日而潸然。她撇下呆滞着的男主角，顾自拉上少女时期的帷幕，让自己回到了二十年前。

第二幕

“啊，都二十四号了，九月！嗳，你记得，我们一共认识了多少天？”CICI 用倦怠的鼻音，一边把裸着的肢体弄 D 形、S 形、X 形。

这会儿，小程顶不愿开口，不愿睁眼，不愿动。况且，她问得太抽象了！这种交往，他哪会留意去记什么相识的天数！但既是这样问了，当是整数吧，蒙一下看看！“四十天。事事如意。对不对？”

CICI 哼了一声，换成 B 形，探索身体造型的无限可能。“错，扣一万分。”她用主持人的声音宣布，然后停下来等小程追问。小程一声不吭，假装困倦得睡去。CICI 于是用手做刀，往小程那里砍：“长点记性啊，说不定它都比你记得牢。我们认识了二十五天十一小时又……二十八分。”她煞有其事地看看表。

小程缩了缩身子，唉，这是哪部港片的烂桥段吧，真可恶。

“找死啊！无动于衷是吧？”CICI 一巴掌就拍上来，唉，不独服饰与发型有流行版本，连性格也有“范儿”——这几年，她们奉“野蛮”为最潮。

但这样也好，如标签式的即时贴，是再次的提醒与确认：他们乃有型男女，正进行最 IN 的快餐交际。

“饶命饶命！我错了，再扣一万分。”小程拉起被单蒙上脸卖乖，他懒得再配表情。

“哼！那快说，怎么纪念？”CICI 又如某个明星般噘起嘴，脑袋上的红蓝双色挑染一阵摇动，两只手在空中作劈打状的定格。

“我有个主意，我们来拍照好了。艳照！”小程心里突然使了坏劲。他想整整这个 CICI。真的，她的这些装腔作势让他有些烦了，不是喜欢学明星嘛，那好，学到底！

第三幕

老程偷偷看看表，快一点了，她仍在断断续续地回忆另一个世界的初恋：他坐在教室倒数第二排。他上自习课喜欢吹口哨。

他穿条纹运动服最帅。车祸时他才十九岁，最是风华正茂……

她真的完全拿错台词本了。

老程的台词本则为空白。他该说什么？瞧这！暧昧的地点，不在场的死者，岁月的呼啸，真是一出烂剧！他想起生活中其他的时刻——糟糕的瞬间总是这样：时间、地点、人物，这里面，任一样搭配错了，当天的演出就会砸满烂西红柿。

老程站起来，想要轻轻搂抱以予安慰，但又觉得不对，这会儿，任何一丁点儿的肢体接触都极不适宜。老程只得再次给她添了一次很烫的开水，坐到对面的一张椅子上，并从犹豫与懊恼中说服自己平静下来：算了，今天就这样吧。谁说开了房就一定要那个的。

念头一旦放下，老程竟感到有点儿瞌睡——他一向是睡午觉的。他瞟瞟那张平整宽大的床，要能躺一躺也好啊，她尽可以端正地坐在那里继续悼念。

“……每年的这一天，我都记得特别牢，我会单独纪念他。我有我的仪式。”她信赖地仰起头看他，额上一排抬头纹，语气却像女学生。

困意中，他不那么友好地猜想——大概，她的仪式是：一天不笑。翻看二十年前的班级照。三餐素食。不跟丈夫同床。也包括，不跟情人约会。

终于，意识到老程长时间的沉默，她从独角戏中惊醒了，哽咽了最后一声，扭起手里的纸巾：“……你知道我为什么……你吗，因为你长得跟他一个模样！真的，只有我一个人知道，你们简直太像了！”

老程听出来，她在努力地转场，从苦情剧转为情色剧，虽然这两段的衔接有点生硬。“所以，瞧瞧，我就这么不管不顾的！当真跑到这儿来了！”她侧过身去，眼睫毛抖动着，半睁半眯。这正是她最吸引人的一个角度。

老程接收到她的信号了，他催促自己振作起来，这会儿正可以走过去一把搂住她吧！一切仍可以照原计划进行，时间还来得及！

可是奇怪，他发觉自己懒洋洋的，没了起初的兴致。真怪，这是为什么呀，快抓紧时间！想想看，他与她之间，能一步步走到这个中年，对他们这个年纪，多不容易！说不定也是最后的机会，怎么能放弃？

时间不怀好意地流逝，甚至还在加速。

她不安了，或者是为将功补过、加速进程，突然用方才擦泪的纸巾扇起脸：“有点儿热吧，你热不热？”

她的这句话有点儿急了，也粗了，热——脱衣服，唉，老程心中一阵叹息，随即涌上来一股怜爱，也可以说是对彼此境况的同情。他伸出手，轻轻替她解开外套，指尖触及她肩膀的白腻，老程感到，那个感觉，来了。

一段喧嚣的音乐突然大响，《革命人永远是年轻》，这是老程手机的定时呼叫。

第四幕

“拍照！真的？”CICI张大眼睛，突然的兴奋让她瞳孔放大，一改方才的慵懒，她腾地跳下床来，拖鞋都顾不上穿，披上一件浴袍，对着房间里仅有的一片立式镜就摆起姿势，从嘴角、眉梢到腰肢与脚尖，每一个造型都可以追溯到画刊或网络的出处，那惟妙惟肖的拷贝，着实令人叹为观止。

小程微眯着眼，抓紧时间作片刻小憩，不理会CICI一个接一个抛出的疑问：“嗳，相机是可以自拍的吧。你的PS技术怎么样，一定要把我的脸拉瘦一点儿！要露点吗？什么尺度呢！要放到网上晒吧？哈万一给顶起来，那咱可大发喽！”

没多久，CICI回过神，她抛掉袍子：“得了，你是在逗我对吧？嗳，真诚一点儿好不好？这可是纪念日！”她一脸的怨尤，像按了快退键，把自己倒回去，一直倒到她母亲那一辈的伦理线上。

“那……”小程迷惑了，弄不懂CICI为何突然翻脸。她不是一向以最OPEN自诩的吗？怎么换定位了？

“你得正儿八经有点表示！”CICI继续盯着小程，那执着劲儿十分陌生，倒是把他的瞌睡给赶跑了，这问题，该接什么词好呢？

“啊，Ladies and gentlemen，为了隆重纪念我与CICI小姐相识二十五天十一小时又……三十四分。”他也装模作样看看表，一边想词。他要搞一下气氛："我决定带CICI小姐到韩国做整容手术，嘴唇整成安吉丽娜·朱莉，法令纹整成张曼玉，脚踝整成林志玲……"

CICI打断："不行，说严肃的、正式的。"见小程愈发茫然，她大度但冷漠地提醒："你就不会山盟海誓吗？"

哦，原来她今天想玩这一出。小程放下心来，这个好办。他甩一下头，背起周星星那段倒人胃口的千古名句："曾经，有一份爱情摆在……"

"别来这一套。要原创！"CICI不依不饶，半丝笑容都没了。

"啊……非要这样？"小程有些不耐了，情话从来都是抄袭，哪有那么多肺腑之言。"要不你先说一句，示范一下？"他认为她头脑里肯定也是空空。

CICI皱皱眉，坐下来，她看着镜子里的自己，也看着镜子里的小程，看了好一会儿，才慢吞吞抬起头说："我要与你白头到老。"

哦！懂了，张嘴就来。小程于是也看着镜子里的CICI，一字一句地说："我要与你长相厮守。"

"我们一见钟情、一生牵手。"

"我们永结同心、永浴爱河。"

"我们相亲相爱、相濡以沫。"

"我们海枯石烂、天荒地老。"

…………

他们的声音在小房间里回荡，却莫名其妙地带起了回音，像是在渺无人烟的山谷。

第五幕

记事簿定时呼叫，这是手机诸功能里老程最为依赖的一项——记忆力像生锈且腐朽的栏杆，越来越不可靠：周四签合同要穿正装、游泳卡月底到期、职工医院体检时间、干洗店取衣服……的确，《革命人永远是年轻》很煞风景，可哪怕这会儿他已脱光了衣服，还是要看一看——那必定是件很容易忘记、但最好不要忘记的事。

手机上闪着三个小字：母生日。

哦，倒真忘得一干二净，今天是老妈妈的生日，照每年的习惯，晚上要全家一起吃长寿面！妻子赶不回来，但儿子要喊上。

重新合上手机，老程发现，下面那娇气的感觉，像羽毛一样，又飘走了——老母亲的形象这会儿真不该出现啊。她齿摇发稀、形容委顿，七十一岁上中的风，卧床已有四年……很可能，这就是她屈指可数的最后几个生日！老程突然间心虚至极，如一脚踏空，坠入一种童贞式的、对母亲的热爱与畏惧……

不，不能做这个事。最起码今天不能。

她没有觉察，仍在顺应老程刚才的启动，开始脱剩下的衣服，一边大胆地乜斜着老程，不太熟练地抛出她的风情。

来不及考虑太多，老程急中生智地和衣上前，囫囵着抱住女人，以阻止她更多的动作。

他紧紧地搂着，搂着她与自己的一堆衣服，以及衣服里面两具四十好几、当不惑却仍有惑的身躯，一边对她耳语："今天，我要陪着你一起，静静地怀念他，那个跟我长得很像的他……"

她在怀里变得僵了，然后一耸肩，嘤嘤有声。

老程突然明白，许多难以定义也难以挨过的边缘时刻，人们为何愿意拥抱——彼此可以不用看到表情。

缺乏弹性的、惆怅的拥抱尾声中，老程的思路已远远飞离这间光线不足的午间酒店。他用力提醒自己：回办公室第一件事，记着给儿子发个短信，那是个天马行空的货，要提前招呼。老母亲最疼这个独孙子了。

第六幕

你来我往、争先恐后的山盟海誓像老家具一般，具有庞大的体积，屋子里慢慢拥挤起来，挤得他们沉入了空洞的小角落，几乎无法动弹。

活该冷场！怎么好讲这些古董的词呢。完全不搭嘛，小程摇摇头。

枕下的手机响了一声。CICI 精神一振，马上扑过来——不知她凭什么获得这样理所当然的权利，“上床”的确是条奇怪的绳子，男人一旦跨过去，就被圈成了女人的私人领地。

“晚上六点奶奶家饭。你买生日蛋糕。数字蜡烛：七十五。”CICI 一字一句地念。

唉，冗长的家宴，没劲的对话，陈旧的仪式……可小程这次很高兴来了这条短信！他就势翻身下床，掩饰着轻松，懒洋洋地用脚尖挑起裤子，边穿边亲 CICI 耳边的菱形耳环：“看来，我只好先闪了，蛋糕得预订。你再乖乖睡会儿……”

“我也要一起去。”CICI 一个打挺，也勾起她的蕾丝边内衣，毫不含糊地穿起来。

她哪根筋扭坏了，怎么能跟回家见大人！小程把牛仔裤拉链上下拉了几回，决定把这处理成一个笑话：“也行，你得带个生日礼物——我奶奶早就想抱重孙子！”

CICI 不理会，三下两下穿戴整齐，又对着镜子弄起脸，完全势不可挡。

小程张开嘴巴，这又是哪来的版本？“给我一个理由先！”

“咦，还要什么理由？我们刚才不是发过誓了？在天愿做比翼鸟、在地愿为连理枝。奶奶她老人家的高寿，我当然要去啦！再说，今天也是我们的纪念日嘛。”CICI 的表情很古怪，不像恶搞，但也不是当真。

“好啊好啊。”小程接受了，他才不怕哩。多大的事嘛。

二十二岁了，带个女朋友回家算个鸟！当然，老家伙们准会吓一跳，但没事，他们最终会看出来的，她啥都不是。

CICI 最终弄好脸，但脸上什么都没有，这正是她追求的所谓裸妆效果吧。小程仔细看看，那人工的自然，竟有特别的清新，忍不住轻轻吻了一下 CICI 的睫毛，猛然间发现，是湿的。

见鬼，她刚才哭了？被那些古词古句给感动了？×！

他们穿得整整齐齐，一起上了大街。但小程觉得，身边走着的，不是方才那个网名 CICI 的快捷式女友了——从遣词造句到神态举止，CICI 像是上了一层釉，其新面目处处透着“白头偕老”与“至死不渝”。

CICI 皱眉挑剔所有的蛋糕样式，最终，她指着一张图片：“我们订这个。”蛋糕上一个硕大的桃红色寿桃，围着一圈艳绿的花边，并撒着金色小珠，惊人的俗气。“老人家会喜欢这个的。”她十分肯定，那是一个未来孙儿媳妇的语气。

要等半个小时。

他们只得出来，继续在大街上走。迎面看到无数对男女，或一前一后互不理睬，或一左一右若即若离，或搂搂抱抱贴面而行。小程忍不住浮想联翩：是否，那些人也跟他们一样，只是在互相配合一种情境：恩爱、吵嘴、矜持、放荡。这让他感到模糊但沉重的不安……

继续往前走，经过一个服装店，CICI 若有所思地停下，扯着小程进去，果断地选中一套米色裙装，替换下身上的 T 恤牛仔裤，一下子，她看上去十足的温良平庸，活脱是要谈婚论嫁。

小程心头一阵乱，虽然他明知道 CICI 压根不可能是那个意思，但她何必弄得这么煞有其事！幸好，她的头发来不及搞，还是红蓝挑染——有一个破绽就好。

对了，还有花！CICI 老练地与花店老板讨价还价，一边在插花卡片上写“福如东海、寿比南山”。小程伸头看了一眼，落款处她签的还是网名 CICI——这一条也算靠谱，最起码，他真的不知道她姓甚名谁，这就对了。怎么样都没有关系嘛。

第七幕

除了几样熟食，老程还在巷口精心挑选了几个红通通的柿子，这是老母亲最喜欢的水果，老程每年都买，作为一份固定的小礼物。但自中风之后，她就总是把柿子放在床头看。“吃不出味道了。”她口齿不清地说。

老程进了门，仍跟往年一样，桌上是一盘三鲜豆芽（俗称如意菜，生日必吃）、一碗煎豆腐（母亲吃得动）、一大盘青椒炒鸡蛋（就面条最香），水面放在灶上。钟点工走了，只两个老人在等。

老程坐到母亲跟前，把柿子从塑料袋里拿出来，红红的捧在手上，给母亲看。母亲用半边脸笑了笑。老程说要剥，父亲拦住："空腹不好吃的。"老程于是摸摸肚子，像小伙子那样精神："饿死了！"一边到厨房去下面条。"不要扯断啊，越长越好！长命百岁！"老父亲高声叮嘱，他听力日下，说话很大声。

——到目前为止，所有的细节与对话都与往年基本相同。看着在沸水里慢慢变软的生日面，老程十分心安。想想刚刚过去的中午，一阵正确感的满足。

面条出锅时，小程与 CICI 出现了。是父亲去开的门，老人愣在门口。

CICI 灵活地主动招呼老人，一边往里走，花呀蛋糕呀一起往老母亲跟前送。

老程已听出有外人，手里却要忙着往碗里装面条，面又长，分身不出……伸头一瞧，是个身着正装但头发很怪的年轻姑娘！什么意思？为什么总是有莫名其妙的闯入者（他想起中午那个被追忆的初恋小男生）？难道今天的幕后导演是个被收买了的冒牌货？

"带个朋友来一起来玩，加双筷子呗。"小程进来端面，大大咧咧地跟老程解释。

"哦……"老程瞪视小程，想用眼神表示他的立场：这是家宴，又是老人生日，怎么随便就扯女孩子来了？小程根本不看他，一转身便出去了。

几秒钟前，老程还感到自己是个很不错的正经儿子，但现在，又觉得自己是个缺乏控制力的父亲——他搞不掂自己的儿子。或许，这些日子，一直在忙着推进那个“午间约会”，以致忽视儿子了？他感到一丝不痛快，对生活的不痛快：为什么，他稍微分点儿心就会出岔子！

客厅里，老父亲自认为已搞清楚情况，满脸的喜出望外：瞧孙子多能干，都带上女朋友来给奶奶祝寿啦！他乐颠颠地照CICI的意思，正满屋子找广口玻璃瓶插花，没有注意到母亲在嘟囔着拍打轮椅——她有事情。

老程放下面条凑上去，母亲压低声音，勉强能听得清：“有这么重要的客，也不早说！快，帮我去换身衣裳。”

母亲的前襟是有点儿脏，但等会儿一吃饭还会脏的，为了这个不知其实的陌生姑娘，真犯不着另外换！老程犹豫着，老人却固执地一个劲儿地往房间里努嘴。

老程只得把母亲推到卧室，一堆大同小异的衬衫里，母亲挑出另一件碎花的——几乎跟原来那件没甚区别。

替半身不遂的老人换衣服是一项工程，老程很快出了一身汗，当然，这汗不光是为了换衣服，他还在动脑筋想问题：回去后，最好就在今晚，要抓紧时间，跟儿子好好谈谈，年轻男女，不能胡来，再怎么玩，切勿越了雷池……但是，他真的能够说得很好吗？现在形势不同了，谁来替他准备一页自圆其说的高明讲稿？可以阐述逆流而上的道德观？

CICI插好了鲜花，又机灵地喷了一层水，人造露珠在灯光下璀璨，置于餐桌的顶头，十分艳丽。老父亲一个劲儿地盯着看，十分喜欢。母亲出来了，也盯着看，两个老人都笑眯眯的，室内一团喜气的光泽。

这让老程忽然感到一阵抚慰，心中的不满弱了下去，连忙招呼CICI和小程坐下趁热吃面条。也是，就一个朋友嘛，放轻松吧——严以律己、宽以待人，不能拿这一辈的标准去要求下一代，再说，自己这一辈，嗨，也已是可疑了……

父亲不吃，他要先替母亲喂。面条太长，父亲又不肯挟断（寿面怎么好断！），于是碗里连着筷子，筷子连着嘴里，一会儿推进去，一会儿滑出来，口水与汁水混着，那情形，着实让旁观者觉得不堪。母亲新换的衣服更快地脏了。

CICI似乎这才注意到老母亲是半身不遂，她盯着老父亲手中的筷子，又看老母亲吃力抿住面条的嘴，眼珠动也不动，简直入了神。看了好一阵，她突然碰碰儿子，小声说："白头偕老。"小程一愣，装着没听清，只顾低头呼啦啦吃得喷香。

老程倒是听清了，可又疑心自己听错了，那红蓝头发的小姑娘冷不丁说这个词干什么。

点蜡烛，许愿，唱生日歌，切蛋糕。老母亲半躺在那里，大约一直在暗中计较她襟前新添的油渍，明显地心不在焉，好似这一切皆与她无关。

老父亲却一丝不苟，用一只很小的勺子挖出蛋糕，往母亲嘴里喂：“总要吃一点儿的，是你生日！七十五喽！”

CICI也在吃，她特意地与老父亲的手保持着同一个节奏，母亲吃一小勺，她吃一大口，嘴边白白的，沾了一小圈奶油。

老程在一边看着，感到一丝突如其来的伤感：他想起了妻子年轻时的样子——这还是今天头一次想到枕边人，他替她过第一个生日时，她也曾经这样吃得满嘴奶油。唉，时光，像打在脸上的耳光！

现在，与生日有关的节目都上演完了。大家显得有些无所事事，小程勤快起来，自告奋勇去洗碗，以逃离现场。老程也打定主意，就算心里软了，也不能跟这姑娘太热络，他得像一个严谨的、有传统的父亲。他再一次庆幸起午间的清白，并想到了那个二十多年前的早夭少年，他现在很感激他。

但生日得热闹才是，老程眼睛扫来扫去，又扫到那几只柿子。“吃过饭了，我现在剥给你吃吧。”瞧，这又是一句老话儿，记得前面几年的生日面后，他也总是这样劝一句——他不忍心老母亲只是看着。

“哦……”母亲却没有像以往那样以吃不出味道为理由拒绝，她动了动可以动的那半边身子，突然冲CICI歪起半边嘴，吐字十分清晰：“你来吃一个。”

CICI似乎正有此意，她嫣然一笑，也不洗，拿起一个柿子来便剥皮，等那有些颤巍巍的果肉露出，便用她年轻的雪白的牙咬上去，甜美的汁水在她的齿间迅速迸开来。

母亲紧抿着嘴唇，甚至还屏住气，全神贯注地一直看着CICI一口口全部吃完。

“甜吗？”老母亲最后问，用她的半边脸问。

老程掉开头，他看见老父亲眼角挂着两滴泪。

洗好碗的小程正好出来，一进入客厅，便隐约觉察到一种静谧、亲密而凄凉的气氛，不由得轻下脚步……他不明白，CICI何以会像一个真正的家里人一般，那样自然地沉浸其中——她正举起一只鲜红的柿子摩挲在奶奶枯纹密布的颊上。

第八幕

重新回到街上，户外的凉风很爽快，CICI忽然晃着脑袋笑起来，彩色的头发被滚动闪烁的广告灯罩上一层魔幻派的色泽，地铁入口处，她轻佻地拍了一下小程的屁股：“怎么样？还要到我那里去吗……”

一听这口气，小程就明白，CICI转场了，她又跳回先前的版本去了。“好哇。”他也兴起，抱起CICI打个旋儿。可与此同时，天知道为什么，心里却像滚落下一堆石头，响声过后，十分空茫。

“嗳，帮我看看，这里好像一直有什么东西？”CICI 指指后背。

小程一摸，原来是衣服标签，刚才忘了剪掉，加之这上衣稍大，CICI 竟一直没注意到。

“哦，不要扯，正好可以去退货呢。你说退不退？”CICI 抬起眼来盯着他，好像这是挺要紧的大事。

小程连忙大声作笑：“哈哈当然退啦，一次性的嘛！退了咱们倒可以吃好几顿必胜客呢。”

离他们百米外的巷子口，老程倚在一段老墙边，目送着小程与女孩搂搂抱抱的背影，脑子里却依然看得见父亲脸上的那滴泪，两相对照之下，老程突然涌起一股强迫症般的柔情蜜意，这是一种稍纵即逝的珍贵心境吧！快抓住！他掏出手机，极想给什么人发条热乎乎的短信……

不，“不能”给她发，“应该”给妻子发——他被自己的这个想法给感动了，自己还算个好丈夫不是吗。

可是，写什么呢，他与妻子之间？这么许多年了！想了很久，几乎绞尽脑汁，却仍然想不到合适的话，总不好道“晚安”吧，在一种怨恨且委屈的情绪中，老程放弃了——再说，她明天也就回来了，发这个短信反而不自然吧。

老程于是合上手机，趁着夜色尚好，回家里去了。他的步子，平淡得像任何一天。

［**提词人语**］好了，白天过去了，好歹算是一些人的纪念日呢，不是你的便是他的，而交叠着的夜戏又将要接着再上……不过，不会有什么要紧的内容，咱且歇息去吧，漏掉几幕仍可以照旧续上——反正翻来覆去就是那些弄假成真、以假乱真、自圆其说的残章片断，唯一要记得的是当今这皇历上的宜忌事项，您还不算太困吧，我且来念给您听听：今日，宜撒谎，宜撒娇，宜暧昧，宜做爱，宜约会，宜宴客，宜误会，宜热闹，宜寂寞，宜耍酷……忌有情。

2010年1月

小流放

房东、中介职员、穆先生，呈不等边三角形站在光秃秃的客厅，像三个贫瘠的小国代表，进行着形式主义的枯燥谈判。

再一次的，他们分别陈述那些缺乏说服力的理由，似乎那是他们大脑里仅有的词句。房东说他的房子靠学校最近，再不定下来，后面还有很多家长要看哪。穆先生按照妻子的吩咐，皱着眉嘟囔着种种不满以压低价格，并表示手中另有若干可选房源。年轻的中介如同昏庸的应声虫，扭头看看左边又看看右边，随意附和称是，像撮合一门无望的婚事。

租屋的地面积灰很厚，窗帘半掩，柜子门斜开，有股抑郁的架空感。正是八月酷热，狭窄的客厅没有窗户，空气原地膨胀开来，房东的衬衫因出汗而洇出一个斜长的条形，像地图，穆先生仔细看看，觉得是意大利。中介脖子里还绑着领带，他早晨一定抹过太多发胶，这会儿，发胶似乎统统融化并滴落下来，使得他的脸像一面油锅似的带着反光。穆先生朝这面油锅望去，如揽镜自照，影绰中瞧见他自己：衰样＋假斯文样。唉，三个利益临时相关的人，三个芦苇般弱小的人，共同构成了这难耐的胶着时段——跟生活中其他的时段一样，如一座又一座的独木桥，必须咬着牙慢慢走过。

上述那一场景，直到穆先生一家住进来一个月之后，仍会活灵活现地反复重现，像无数的悬浮粒子，随时组合出这一过时的、无价值的画面。

租屋这间八九平方米的暗厅，其实还兼作玄关、餐厅以及穆先生坐着胡思乱想的地方，现在已塞满水果、靠垫、雨伞、购物袋、外套、鞋盒、接线板等各种杂物，可是，每当看房那天的场景浮现：意大利地图式汗迹，融化的发蜡，油锅面颊等，小客厅便像个心灰意冷的魔术师一般，把满眼的物件都变没了，恢复原初的空寂、荒无人烟，只剩穆先生独自孤坐其中，有着奇特的背井离乡之感。

“老妈，明天要交一百二十块，英语听说模拟光盘。”

“一张小光盘要上百块？几个同学合买了轮流听听好了。”

“那不行，老师会摆臭脸的。我可天天要见老师呢。”

“哼，肯定有提成，怎么没人找教育局投诉啊。”

妻子和儿子的对话，雨丝一样飘落到穆先生身上，却如小铁钉般扎疼，把他带回到真实中的小客厅。晚饭已经摆上桌子，升腾的水气带着软绵绵的欺骗性——饭桌是租屋原来的铝合金折叠桌，台面数处剥落，如烫伤的皮肤；餐具也是几任租客的组合，粉红卡通 + 青花瓷 + 仿木纹，加上头顶上少了一只灯泡的旧式吸顶灯，这样的晚餐，实在有点七拼八凑之感。

之所以租房，是为了儿子初三这一年的中考冲刺，想着这样可以节省他上放学路上的时间。其实，本可租一个比这大一些、各方面条件好得多的房子，他们完全承担得起。

可妻子的理由是一种受难色彩的哲学，似也不好反驳："这小区离学校最近嘛，多省出一分钟都是好的，儿子现在每天都睡不到六小时！再说，你以为是来度假？哼，就是住到皇宫，这一年也过不了安生日子的！我倒是希望能更苦一点！越吃苦越好，那样咱儿子就会——"妻子猛地咽下后半句，好像这是她与老天爷之间的一个重大交易，不可说破。

妻子这近乎愚昧的逻辑就此形成了一个道德基调，决定了他们租房生活因陋就简的清贫气息：一切的娱乐与消遣皆取消。钟点工辞了，晚报不订了，网络和有线都掐了，甚至把电视机像棉花胎似的塞到柜子里。原来家养的两只龟、一缸锦鲤以及君子兰什么的，通通寄放到朋友家。妻子的打扮也粗服简装，倒退二十年，而本来，她每周要折腾多少套衣装啊，还有相配的耳环、丝巾与鞋呢。穆先生则放弃了他的普洱，没有合适的茶具与情境，索性喝白水。

当然，真正的苦行僧是十四岁的儿子。家中这蜷缩起来了的生活，全是以他为“因”“果”的，他明白事理地不再把自己当人，ipad、篮球、滑板等碰也不碰，放学回来，除了吃饭，便自觉回房坐牢，勾着头苦干，连早上喝牛奶时也在记单词。妻子每见此景，既心疼，又像是赚了儿子一笔，带着得意地暗中冲穆先生直努嘴，反让穆先生心里一阵别扭。

最……什么的是关于性事。到了他们这个岁数，此事自是渐入冷清之境，就算原来家里那等饱暖惬意，也难有感觉；而今到了这里，局促僵硬，更是彻夜如同老兄妹。也好，算是完全符合妻子的“自苦”哲学了。总之，在租屋，一家三口，都只保有最低级的生活功能：吃喝、洗漱、睡觉。任何的情调或享乐，都乃滔天之罪。

这样，下班回家的穆先生，没抓没落的简直像是与世隔绝了。他怀念家里的书房，那像个结实的老城堡，他还置办了一张俗称美人榻的中长沙发，常半躺在上面翻几本书、琢磨点什么；就是打打瞌睡，也挺像回事儿的。但这里不行，虽说也带了一摞书来，可总是心神不宁，等着下面会发生什么，像是处于某种战乱或离奔，无论他怎么努力，就是看不进去一个字，连读书这个念头、拿书这个动作，似乎都是极其生硬的。大概他读书思考的能力，跟做爱的能力一样，太过娇生惯养了，一遇事便要现出原形——意识到这一点，穆先生有些自恨，他赌气般地枯坐，像只空口袋，懈怠地听凭时间一秒一秒如蚂蚁排着队从皮肤上爬过……要这样一直爬到明年六月吗。

相比而言，妻子要比他善于排遣，而今她不烫衬衫，不熬红豆薏米羹，不自制豆芽，不捣腾木瓜牛奶面膜，吃过晚饭，早早地便坐到一边捧着手机刷微博，偶尔捂着嘴低声感叹，像在跟手机搞恋爱，都顾不上搭理穆先生。她是特意如此：租房隔音太差，只要儿子一回房间，她便在家里严格推行“噤声”政策，基本不与穆先生谈家常，就连拖地、洗衣、上厕所什么的她都有些蹑手蹑脚，像一个走在别人家的小偷——穆先生迷惑地观察她，她其实大不必如此，外面楼道及隔壁的动静可都不小，狗叫、男人吐痰、哪家的孩子练长笛。可是他慢慢看出，这些夸张的克制与收敛，是妻子所努力的一部分，她正全力以赴地使整个租屋生活足够压抑足够沉闷，如同教徒的苦修，以便跟老天爷谈条件……嘘，不能说。

穆先生有些担心妻子这样，万一儿子考砸了呢；可又暗自欢喜她变得这么安静。天知道，真是领教过她太多的暴风咆哮啦，还有卷纸般越拉越长的规劝，总是一边做家务一边源源不断。包括对儿子，以前常有各种精心预谋的所谓谈心，穆先生还被指定扮演红脸，这些也都一概停止了。现在这样，夫妻关系、父子关系、母子关系，十分地俭朴，像凑巧挤在同一屋檐下的一窝鸡。

想想看，这个屋檐下，曾经挤过多少不同的鸡啊。事实上，穆先生也并不像他所表现出来的那么百无聊赖，他有一块小盐巴可以舔，从住到租屋来的次日起，就开始了：对前面那些住户的刺探、猜测与追寻。因为担心妻子会嘲笑并阻止这一无聊的兴趣，他一直暗中进行，笨拙地在有限的信息中摸索，进展极其缓慢，常常一连数天没有任何有价值的发现或推断。正合适消磨时日、抵挡那莫名其妙的焦灼感与漂泊感。

这一消遣，其最早的萌芽，说来还是始于那天——房东、中介、他本人，不通风的客厅，三个人流着汗，疲倦中相互让步，最终签下合同。因为达成了合作，房东放松下来，嘟囔着："前一任住户，只住了三个月，合同还没到期，哼，那个单身大肚子女人，耍滑头。"穆先生"嗯？"了一声，中介恰好刚查点完水电气表记录，他殷勤地插话，带点江湖气："这就是穆先生好福气啦，否则，这笔单子还谈不成呢。我做这一行见得多了，房子跟人之间哪，也讲缘分的。"

不知为何，房东、中介先后所讲的这两句很平常的话，却让穆先生猛然间被惊动了，他勉力撑大眼皮，往这间方才还无动于衷、老实讲其实是有点嫌弃的小房子四处张看。这一看，旧房子竟像是被吹了一口气似的，掀去了它浓雾般的遮蔽，显现出诸种饱经煎熬与淘洗的痕迹，如同流放者的秘密印刻，让穆先生心中一荡。他仍是无法喜欢这个房子本身，却又如此明确地领受到一层无可命名的诱惑。这会有什么特别的意思吗？不知道，但他被这根绳子给绊住了：挺好。

提前搬走的单身孕妇留下不少用到一半的洗涤用品，海飞丝、舒肤佳、威猛先生、球形刷、胶皮手套以及若干块抹布。此外还有许多A4纸，没有用来写字——她把白白净净的纸垫在了每一个她能想到的地方：鞋柜、衣橱、抽屉、床板、冰箱、微波炉，甚至马桶盖，也被她细心地用透明胶在正反两面都粘上了A4白纸。入住前的大扫除中，妻子扔掉了所有白纸，穆先生悄悄捡回一张。

所有那些被扔掉的以及留下的白纸，不着一字，却让穆先生在独坐时思虑甚久，他荒唐地有点惦念起那个孕妇，好像她是一个落难的恋人，怀着父亲不详的婴儿，在肮脏的租屋戴着胶皮手套徒劳地洗洗刷刷，直到某个难以支撑的夏夜，炎热晃动的空气中，她惶然离去，扔在黑暗租屋中的那些白纸，如同缄默的留言——作为一个被圈定的收件人，穆先生接收到了。那么，他将会寻其踪影、有所作为，还是听任这微弱的讯息在风中消散？

端坐在逼仄的小客厅里，身下的旧折叠椅太硬、一动就响，穆先生脸上表情呆板如常，心中却一阵阵波动，关于孕妇的、这刹也刹不住的联想让他陷入了惊奇，一种极为细腻的惊奇，像推开别人的窗户看到他内心的景致。

看着那似近又远的模糊景致，他略感依靠：这一年，应当还是可以挨得过去的。

孕妇之前的其他住户呢，旧迹旧物处处入眼。竹衣架、随意拉扯的电线和晾衣绳、北方式大暖壶、掉了瓷的盆、修补过的台灯罩、小木凳子、旧雨靴、褪色的发夹，等等，皆显现出一种被充分利用之后的破败，十分地迷人，以致穆先生都稀罕起来，他心疼地靠近它们，好像靠近那些曾经的主人，他们在耳语、休息、睡眠，疲劳的手指传递或抚过这些物件，而这些物件，也曾目睹并陪伴着他们亲吻、数钱、浑身被暴雨淋湿、黑夜里噩梦惊醒。真是不简单哪。

对这些可用可弃的东西，妻子嚷嚷过多次说要全部清理掉。这想法非常正当。这几年，家里的生活方式都在向着高级的“美国式”看齐，热衷于更新换代、破旧立新，比如小数码产品，一推新款，儿子便欲得之后快。妻子，主要跟踪新一季皮鞋和各种护肤精华霜，穆先生则比较在意眼镜架和领带，他都数不清自己买过多少。总的来说，与物质的关系上，大家都讲究一个快速占有的新鲜劲儿，唯其如此，才能证明并感知到他妈的所谓美好生活。但是，身在租屋，有点怪，人与东西的关系似乎变成了另一回事，如同一支反方向的箭，往旧时光那头慢吞吞地射出去，射向一种苦中带甘的温柔。这说不清楚的既哀又欣的“变异感”，穆先生倒蛮喜欢的，想好好体会一番。他清楚，等一年后离开租屋回到家里，他和妻儿们肯定又会欢腾地、好胃口地再扑到光鲜的物质里直打滚儿了。

他婉转地当然也有些牵强地阻拦妻子，指出这些东西都是房子里原来留下来的，万一房东很在意、将来问起呢，说不定对哪个人有着什么特殊意义呢。

再说有些东西妻子是没法扔的，比如墙。租屋的墙其实最为不堪，实用主义的覆盖几乎糟蹋了全部墙面。水印、霉斑、墙纸、卡通贴。随处涂抹的线条。厕所门背后写有下流话。还有遍布角落的各式挂钩或铁钉，从它们的位置，穆先生一一推测其功用：挂蚊帐、挂马桶刷、挂微风吊扇、挂接线板、挂雨伞、挂日历，等等。所有的挂钩与钉子都强烈地传递出一种破罐子破摔却又相当洒脱的寄居感，为着一个临时需要，粗糙地破坏，并引诱着后来者在此基础上继续破坏。

嘿，穆先生也到超市买了半打挂钩，他鼓励妻儿随心所欲各自找地儿——妻子先是不解，随后变得兴奋而放肆。她与儿子争抢地盘似的，很快把挂钩四处粘上，照说明书要求等了几分钟，然后立刻挂上了包、腰带、钥匙、浴巾之类的玩意儿。穆先生到厨房倒了一杯开水，噘着嘴唇吹着，一边各处瞅着那几个刺眼的新挂钩，心里头又突然对自己失望起来：这就是他想要的？他根本不是这样的人呀。

还有一处。厨房里有一圈从屋顶打下来的顶柜，因为太高，且厚黑一层油灰令人望之生厌，妻子宣布弃用，穆先生却对之极为神往，按捺了许久，有天特意提前下班。

站到折叠椅上，够不着；换成方凳子，再加张小板凳，再踮起脚，这才差不多刚好——穆先生等了那么久又忙了这么一阵子，终于够着了柜门把手，却又猛地停下，把手按到胸膛上：心里头怦怦跳得实在过分，这种心跳，太稀罕了，都这个年纪啦，穆先生早就不会淌眼泪，不会脸红，也不会依偎不会伤感了。他简直就想从凳子上下来了：不该打开这排柜子的，而应当保持这个小小的谜，留在他生了锈的心里，让他偶尔还能为着未知而惊慌。

暮色快要降临了，租屋的光线暗下来，隔壁某处传来女人的尖嗓门，风声呜咽，楼外似有许多树叶落下。再过半小时，妻儿便陆续要回来了。穆先生站在两张凳子之上，悬在半空，像旗帜那样软耷垂挂着。

……这一滑稽的画面维持了好一会儿。穆先生有些可怜自己，最终，他放弃了，伸出手去、拉动把手。

断了弦的旧吉他，一捆四年前的《金陵晚报》，缺损的陶茶具，然后是厚厚几摞子旧蒸笼，一个套一个地斜垒着，抽出一格来看，已布满蛀洞，里面放着几样面点模具。穆先生爬上爬下一丝不苟把一圈吊柜都瞧了个遍，直到两只手被灰弄得黑麻麻的，小腿也有些酸胀。

稍晚，他跟回到家的妻儿一起，做菜、吃晚饭；讨论了新闻里一起高三学生跳楼事件；提醒儿子周末理发；要换季了，妻子说要抽空回家拿两床被子过来。

直到儿子钻进房间、妻子玩起微博，漫长的夜晚开始，穆先生才把他新得到的小猎物们从头脑里“请出来”：吉他、旧报纸、蒸笼与陶茶具。这次他没有推理或想象，他仅仅是把它们在脑子里把玩了一会儿，陪了自己一会儿，既愉悦，又感到身上发冷，像深夜的酒意。他醉于自己的无聊，更伤心于这一无聊。

同事们也知道穆先生儿子今年要中考了。单位里一直有这么个风气，苦涩而又促狭的人情味：但凡哪家有子女小升初、中考、高考，这一年里，当事的父母就成了一个可怜且无用的重症之人，并获得了一种专门赐予的豁免权：诸如出差、加班、繁劳的任务，等等，都可正当逃避。当然也包括接大单子大客户、升职涨薪、出国培训之类。穆先生自也如是。他不再拼命地琢磨上司心思、琢磨客户心思、连轴应酬仰脖喝酒活像不要老命。哼，拜拜。像猛地拐上了没有出息的羊肠小道，他晃晃悠悠地迟到早退，偶尔弄点小活只求半饱，每月经营分析会时，看城头大旗猎猎、同事们表情变幻，他只带着浅笑作壁上观——这懒汉般的悬浮感，以前从未有过，如同甜丝丝的迷药，味道很不错。想想不久前自己还跟他们一般的激进、狂奔突走气喘如牛，简直不可思议。放下、自在，原来就是这么回事呀。

穆先生心里似乎透了几束光，有点得道、超脱，可又伴随着惶然，不敢强化。他怎能在这样的时候，玩起什么出世、悟道来，儿子正要命地紧着呢，妻子也要命地绷着呢，三弦之家，谁都松懈不得的吧。再说，这一年说起来是考儿子，其实到要紧关头，还不是考老子……妻子晓得他最怕求人，克制地提过几次，虽然不曾逼迫，但穆先生自己也是要逼迫自己的。儿子的事，大过天大过地，低头弯腰摇尾乞怜等动作恐怕在所难免了。这次是中考，不久还有高考、找工作，等等。唉，唉。不要再往下想了，只但愿儿子的分数能够争气些。他并不是怯懦的男人，只是想做个体面的父亲……

但老天爷好像没有听到穆先生的喃喃自语，令人担忧的不幸很快发生了——连续两次的月考，儿子极不理想，总名次整整降了十二位，照这个排名看，四大重点高中是完全没有指望的。老天，这要出人命了。

家中气氛如丧考妣。妻子犯起干咳症，喝水都会呛，笑得像哭，可她偏要遵照《中考家长指南》上的鬼话，撑出胜败乃兵家常事的开明风度，在厨房里劳碌，做出比平常多几倍的菜式。儿子咧着嘴，解释说只是失手，面色却呈金灰，两只眼睛几乎是索求般轮流瞧着父母，盼着他们山呼海啸大加责难……真是不忍目睹的艰难时刻。

穆先生看看腕上的手表。表上有日历。手机上也有日历。还有他白天在单位收到的会议通知、值班表、合同、发货单，等等，那上面都有几月几日，很刺眼，直往穆先生眼睛里挤，让他极不自在，并飞快地联想到六月。租屋的期限，儿子的考试，一切的结果都在六月中旬到来。然后是等成绩、填志愿，然后是招录。等那一切过去，他和妻子、儿子会是什么表情？所有这些，由几月几日慢慢积累而来的终点，会是灿烂爆炸还是如死水一潭……多么难以想象啊，那简直像另一个星球，无论如何都走不过去。

这个周五，学校组织运动会，眼袋肿胀的妻子一早上临时对穆先生交待一个任务：上班中途回家一趟，检查儿子的日记书包书桌抽屉等一切，以探寻可能被忽略的不良迹象。穆先生当即大摇其头，他怎么能对儿子干这个事！正在刷牙的妻子吐掉满嘴泡沫，好好地看了他一眼："这种事，不一直是你的爱好吗。"穆先生张嘴欲辩，妻子又缓和语气："他出这么大问题，我们得有行动。我的意思是，你善于推理，也足够严谨，可确保在检查后恢复原状。"

这算是报应吗。穆先生心中凌乱，意识到自己此前的举止确实有点龌龊。不，别对自己这么严苛吧。但是为什么，查点别人的旧物他兴致盎然、理直气壮，到了自己儿子身上，却觉得非常之腐朽、非常之恶心呢。

儿子的床、书桌和小书柜都是租屋留下的，使用前穆先生曾仔细摸索过，除了几个空的塑料文件夹，未发现任何有意思的遗留。而今不过是多了儿子的东西——但这些东西，实在令他骇然、无从下手：各种字典、打印资料、课堂笔记、草稿本、纠错本、试卷、练习册、作文指南、中考题库，每门功课一堆，连成了起伏的小山头，另外还有磁带、笔盒、修正带、即时贴、长短不一的笔与尺、各种补课通知与时间表，还有眼药水、风油精、咖啡……如同销烟连天的战场腹地，一片恶战进行中的狼藉与酷烈。穆先生悼念般地垂下脑袋、垂下双手，儿子的这个小房间，如此之丑陋，遍布奴役与暴力感，哪里有一丝少年气息！嗳，相信吗，穆先生多么希望十五岁的儿子有点鬼头鬼脑的玩意儿呀，他根本不会告发的，而会小心至极地蹲下去、像守护沙漠中的嫩苗。

……无意中，碰掉一支胶棒，动静很大似的，穆先生慌张地趴下，顺便溜了一眼，瞧见书柜后背板下露出一小叠纸片，本以为是便条签之类，艰难地单腿跪下，歪着肩膀用手扒拉出来，什么？不顾灰尘呛咳，他心里一声惊呼：名片！

当晚，妻子拖着他出去散步，其实是追问他儿子的情况，穆先生敷衍了几句，妻子大感不满，穆先生无奈，又支吾补充了些细节，包括儿子政治书上涂画着的疑似裸女线条。妻子总算满意了，她用果不其然的语气忧心忡忡地说起青春期与荷尔蒙。她为发现了问题而欣然，随即又陷入了如何解决这一问题的新一轮焦虑。

穆先生一边听一边频频点头，他的一只手插在裤口袋里，那口袋里有一枚名片。

下午新发现的那叠名片显然属于某一位前租客，这让穆先生如遇大赦，他立即中止了对儿子的侦查，并心怀感激地把后来剩下的时间全都扑到名片上去。他甚至觉得，今天中午回来，跟妻子的指示无关，他纯粹只是为了到儿子的房间找点前租客的东西。他最近不是一直在干这个吗。

那叠名片里有一半都是同一个人：**“广源机电化一体公司市场部经理助理　陈水德”**，其余的则是他五湖四海交换名片的“朋友”。现在，穆先生口袋里，就是其中一位陈水德的朋友。他一边听妻子分析儿子的性萌芽，一边用指头翻过来倒过去玩弄这张陌生人的名片，心里头一阵庸俗的感慨：这些年里，手里接过来又扔掉的名片真不要太多啊。穆先生一向不太信赖它上面的信息，那只是相当于一身出门见人的衣服而已，他更想知道的，是人们扒掉衣服之后那具无名的、软弱的身体……可在刚刚过去的这个下午，在儿子的小房间，他突然改变了看法，变得相当和善了。事实上，他甚至有些羡慕这些徒有名片的无名主人，向往着他们所处的另外一种生活。这种羡慕与向往显然经不得推敲，但的确发自肺腑——最起码，他们都没有“六月”的大限对吧。仅仅因为这条，他真情愿做了他们当中的任何一个。

一边说着话，他跟妻子已经散步到了外秦淮河边的石头城公园。这是近处居民最为热爱的消闲处所，跳舞的、放夜光风筝的、遛狗的、吹葫芦丝的、打拳的、撞树的，呈现出一派令人迷惑的旺盛生命力——各式各样的人从穆先生身边走过；树影背后的路灯、河面泛起的水光以及天上遥远的月光，斑驳地投射在穆先生表情沉闷的脸上，使得他脸皮都有些发疼。穆先生捏捏口袋里的薄名片，感受到急迫的、孤注一掷般的渴望。

星期六下午，妻子带着儿子出去补习，穆先生稍稍矜持了一会儿，终于还是一股脑儿地把名片通通拿出来，像玩扑克牌一样，从大到小地排。所谓从大到小，蛮势利的，比如，“**无为县人民政府文明办　钱荣正**”，这个算大；“**环球体育用品专卖店经理　王斌**”，排其次；“**有恒五金批发　萧有恒**”，小；“**家电维修回收　钱师傅**”，更小。排完了再打乱，穆先生胡乱推测着名片主人的年纪、身高、文凭、收入啥的，分别作为新的参照，又排了几通，越排越马虎。因为那个念头一直像小麻雀似的在脑瓜里跳来跳去，跳到最后，穆先生终于让这只麻雀飞出来，从“名片扑克牌”任意衔起一张——

盱眙十三香龙虾南京销售代理　范志贵。行，就这张。

是的，穆先生想做半天别人。他不要做儿子的爸爸，不要做妻子的丈夫，不要做穆先生了。

穆先生走到卫生间，对着镜子看看自己，表情、发型和衣着，显然都不合适。再说范志贵的名片只有一张，当真走出去，远不够派发的。穆先生放松地舒口气，重又坐回光线不足的小客厅。他微微闭上眼，坐在那里，“做”了范志贵。

——他下楼、出院子门，站到路口，抓了抓裤裆，操着一口改良过的淮安话问了个路，找到一家富丽的中型饭店，他犹豫了一会儿，跟在几个客人后面蹭进去，他哈着腰对迎面碰到的领班递上他的名片，并结结巴巴地竭力开始他的推销……稍后，又进出了几家大排档，甚至还盲目走进了一家污水横流的农贸市场。前前后后，他殷勤递出去几十张“范志贵”名片——扑克牌时光机里的冒牌范志贵，但人们并不在意，他们接过去，有人瞪瞪他，有人冲他点头，有人冲他挥手，有人喊他范老板，有人喊他小范，还有人说跟他是老乡是本家。

闭着眼端坐于小客厅的穆先生玩得无忧无虑，简直都想笑出声来！不，他煞住笑，名片上的范志贵会这么开心吗……其实范志贵该是肚子饿了、要歇脚了。于是他又继续往前走，找到一家热气腾腾的铺子，要了碗大肠面，还有一瓶啤酒，一口冷一口热的，呼哧呼哧好痛快！直到快要吃完，才发现桌对面坐着另一个吃客，也就着大肠面喝啤酒呢，范志贵心里一热乎，他放下筷子和啤酒，打个友好的嗝，摸出张名片来递过去。对面那人一愣，抹抹嘴，也掏出张名片来交换——范志贵接过来念出声：“**广源机电化一体公司市场部经理助理　陈水德**”，一边向陈水德伸出手，像刚刚签了一笔巨大的合同。

穆先生这才笑出声，并让前租客陈水德和他的新朋友范志贵这两张名片互相握手。

小客厅依旧光线昏暗，孤独得像大海深处，可是面条、啤酒、握手与笑声，这些不属于任何人的画面，像闪烁的南方阳光一样，放荡而亲密地照耀着穆先生。他继续坐着，身体在喜悦中微微晃动，获得了前所未有的解放与自由。

……晃动的不是他，而是妻子的手，她推搡着他的肩膀，压抑着声调，对着他耳朵嘶嘶地：“嗳，厨房里碗没涮，叫你拣的芹菜也没动，外面衣服也没收！我和儿子在外面跑了两个地方，上了四小时课，都累死了！你呢，一个下午，都干吗了？”

“是吗？时间这么快，”穆先生睁开眼，他活泼地眨眨眼，“你喜欢十三香龙虾吗？”

这天夜里，他头一次在租屋向妻子求欢，硬邦邦的小床，没有前戏，没有绵绵絮语，以推销员范志贵的直接方式，带着那碗大肠面油腻腻的能量。妻子不得不腾出手紧捂嘴巴。仓皇的快感后，穆先生闭着眼用胡子蹭着妻子，用他自己也不信的语气呢喃：“就这么住在租屋，松塌塌的蛮好，上班也随意。我都不想回到以前的生活了。我们就一直这么地下去吧，不要更好。不要更坏。也不要结果。”妻子宽容了他的胡闹，或者是并不太明白他的意思，她憋着嗓子小声反问：“一直这么地下去？我倒没关系，反正都这样了。只是儿子怎么办，一直复习、一直复习下去吗。”

沉默了一会儿，妻子重新开口，穆先生发觉她的声音弯弯曲曲有些走调：“你知道吗，我一直偏头疼，最近头发掉了好多，地上一扫一大把，我现在都怕照镜子了。我真担心，儿子万一上不了重点高中，那我们这一年、儿子这一年，不，他这一辈子，一步落，步步落啊……”她把头从他胸口抬起，以便看清他的表情，“讲真的，你到底有没有打听到什么路子，找找老同学或业务上的朋友呢？”

穆先生咕咕笑了一声，只是拍拍她，同时惊讶地发现，自己的这只手以及靠近妻子的这半边身体，中风了似的，异常地僵硬，如驮着一座巨山。

现在几点？肯定又快十二点了，依稀可听到小客厅对面小房间里有英语磁带转动的滋滋声，儿子也许又趴在作业上睡着了。穆先生欠起身子，看看房门底，隔着两道关不严的门缝，折射进来一片微如薄纸的光——他盯着看，肿胀的凝视中，这薄光渐渐变得耀眼，并汹涌有力地破缝而入，流淌进来，掀开了这一边的黑暗，各种物件所支棱出来的轮廓线越来越白、越来越亮，最终亮如白昼。毛毯、脚盆、妻子的内衣、小板凳、水瓶、拖鞋、地上的卷纸团儿等尽入眼底，一片微型垃圾场。

穆先生伸手抹了把脸，手上还带着一股子大腿的汗味儿。今夕何夕，今人何人，怎会到了如此境地？儿子在几尺之外灯下苦熬，他在这里没有廉耻、不知忧患地做爱，老鼠一样。

抑制住堵在嗓子眼里的恶心，穆先生翻身起来，套上衣服，打算去看看儿子。他胸口疼痛、有如大病，脑子里却冷不丁想起乡下的燕子来。小时候，他常看到成年燕子带着雏燕在晨光里学飞、拍扇着翅膀飞高飞低，不管栖身于哪里的屋檐，它们都一样地快活、自在，发出婉转欢娱的啼叫。

这天夜里，等儿子睡下，穆先生驾车回了趟原来的房子——去替儿子找前面几年的书：中考所涉科目的初一初二教材（生物地理已考，除外）。这事儿子提过几次，但不急，因老师要到下学期才会带大家复习。妻子也早说过，她哪天趁便可回去取。总之，这大半夜的绝对不是非回去不可。可穆先生却是半分钟也不能等：如果不立即替儿子做点什么，他这下半夜乃至接下来的半年甚或整个下半生恐怕就过不去了。

意料之中，原先的车位已给别人占去，任是如何翻动口舌，那睡眼惺忪的物管老头儿就是记不起穆先生曾经的存在，反而像盘问闯入者一样纠缠半晌。月光下踏入楼道，一派岑寂空荡，碰不到任何邻居，无人向他表达最低程度的欢迎。

穆先生自怜地用衣袖蹭着楼梯扶手，三步两步跨到自家门口，并刻意地、以一个自信的旧动作伸手到口袋摸索家门钥匙——一阵惊惧突袭而来，他握住钥匙，慢慢张开手，果然，掏出来的只是租屋钥匙！全身上下所有，只这一把钥匙。穆先生投告无门，顿时一身腥汗，情急之中，他用这把唯一的钥匙去捅门，强暴一样地捅进去，又扭了两扭，家门竟然真的就打开了，怀抱般毫无保留。穆先生感激不尽，顾不得思量，抬脚便进。

我的家呀，他呻吟一声。不错，家什都保持原样，只是积灰触目，不过三两个月未住人，灰尘就成了主人，每一处都留下它们厚厚的吻痕。月光斜着照进来，在地面形成长长的空格。沙发上搭着一件斑马似的条纹裙子，穆先生拿起来看看，发现他从未见过这件衣服。穆先生推开厨房移门，门上贴着的红色福字掉色得厉害，好像风吹雨打了几个世纪。冰箱里空空如也，灶台却意外地纤尘不染，几根水灵灵的胡萝卜排在一只白盘子里，好像一分钟前有人刚刚放在这里。

穆先生渐渐感到脖子发硬。他回到客厅，吸口气，闭上眼，重新睁开，满怀期望地再次环顾——

他的茶具，红木小把件，相框，墙上从西班牙带回来的彩瓷挂盘，角落的白色油汀，高高矮矮的书，这些年一样一样贪婪添置起来的，拥有它们就像拥有了存在的证据和细节。此刻，所有这些东西都在，哑巴一样忠实地呈现出死亡般的宁静。穆先生逐一打量，目光如衰老的猫那样胆怯地移动。多么古怪啊，他所看到的，竟然跟租屋里一模一样——积灰如盖，窗帘半掩，柜门洞开，孕妇的雪白 A4 纸，墙上的斑点与挂钩，壁橱的旧报纸与蒸笼，陈水德与范志贵的名片，它们飘浮重叠，彼此遮蔽替代。在其中，穆先生清楚地看到他自己，神色凄惶、忽坐忽行，无家可归的身影拖沓如浓墨滴落。

……突然想起今夜此行之正事，穆先生如梦中之梦初醒，忙硬起心思，急急推开儿子的房门。老天——比租屋的小房间更可怕，准确地说，其堆砌程度是那里的七八倍，前面所有那些年、各门功课的相关书本试卷，里三层外三层，上三层下三层，层层叠叠如百万年的岩层。穆先生正发愁着从哪里开始，一边往里踏了两步——这个闯入的动作，却像触动机关一般，猛然惊醒了这座沉睡的书山，那些岩层抖动了一下，即刻发起酵来，咄咄逼人，如慢镜头里的火山，膨胀、变粗、升高、喷射、坠落，直至撑满整个房间。穆先生往后退让着，一直退到门口，跌倒在地。

穆先生僵卧于地，几不知身在何处。半晌，他迟疑了一下，伸手从最外围捡起一本课堂习题集，恭敬地拂去上面的细灰，翻动。每一页都被儿子密密麻麻写满蓝字、画着加粗线条，软乎乎的折痕与备忘即时贴，外加老师的红色批改，还有他或妻子的潦草字迹："已阅"、"已会背"、"磁带已听五遍"、"已订正"等，以及他们的签名与当天的日期。穆先生很努力地翻看并辨认了几页，就再也翻不动了。合上儿子的本子，穆先生揩去自己的泪珠，它们在他的手上，又大又黑，如老牛之泪。

2013 年 6 月

铁血信鸽

1. 妻子在撞墙，用她的背部，背的上、中、下部、左右肩胛和左右侧背。人肉与墙体制造出钝钝的撞击声。她的表情庄重沉着，眼睛偶尔瞟一下定时器。二十分钟，一个被严格设置的时间长度。

穆先生把电视设置成静音，耐心地翻频道：电视导购饶舌的喜感，谈话节目的敷衍掌声，折子戏扭着走形的身段重温陈年旧梦……可以说毫无意义。

意义。穆先生把这个词埋在肚子里，怕说出来给人笑话了。事实上，最近一段时间，他被这个不实用的词给控制了，他怏怏不乐。也可能，跟人生所处的阶段有关：他的社会属性，固定了，所谓的前程，不用抬眼皮都能看到结尾：安全抵达退休；而家庭生活，从这个秋季起，也变得极其单薄：儿子到外地上大学了，随即成了他太平洋卡的附卡，其存在形式就是对账单上每月新增的几排数字。

很多人把这段时光唤作“第二春”，可这实际上是多么草木萧条、万物沉沦的春。

穆先生不喜欢上班了。他不愿意看到那些新晋者或即将新晋者的面孔，轻浮得富有生机，握着早饭在电梯里“嘎嘎”笑、谈论昨夜的加班，脸上的疲惫如新款镜架般闪光。这刺痛了他的眼。还有他们的早饭：街头的、仓促的，却带着油炸葱花的快活劲儿，在狭小的电梯间里粗陋地钻入鼻孔。这使他加倍地感到被冒犯，同时又莫名其妙蔑视起他自己的胃，那里早已装着四平八稳的早餐：新磨的豆浆、一只无公害农家草鸡蛋、黑米稀饭，另加一勺妻子自制的“固元膏”（据说此膏强健之效非凡，男女老少皆宜，全国大流行）。

没有办法，他醒得太早了，寂静得近乎空洞的家里，他醒来。脆弱而空虚，好像从未睡好，但也无需再睡。只有起来，只有跟妻子一块儿准备早餐，然后坐到餐桌边，把那该死的营养均衡的早饭给吃了。

多少次，他推开碗，赌气说他要到外面买一个夹薄脆的煎大饼或油炸糍粑。“管他妈的胆固醇与地沟油！”语气暴戾，好像这是了不起的反抗。妻子站在阳台，一边梳头，一边咧了一下嘴，只当他在讲笑话。每天早上，妻子要用牛角梳梳头两百下，她也诚恳地动员穆先生梳，此类的动员还包括：背部撞墙（方法如本文开头所示，可通全身经络）、叩牙三百次（宜取仰卧体位，至口中生津，可固肾补肾）、饭后快走四十分钟（微喘、微汗，可消积化食）、热水泡脚（水深近膝、保持高温，可驱寒去火）、腹部揉摩（睡前与晨起，顺时针一百下、逆时针一百下，可调血健胃）……穆先生记不全了，当真一一实施，他只怕自己会疯。但妻子说时，他能做到认真倾听，妻子的遣词完全是保健书上的说教套路，又带着江湖医生般的神神叨叨，听上去陌生而荒诞，真有些不敢相认。

——最近几年，妻子与“养生”有了瓜葛，其纵情的狂热十分惊人：任一张小报上看到合适的内容，剪下；每日上网浏览各种健康小窍门（这是她对网络的最大利用），并选其精华打印；隔一阵到书店带回几本畅销健康书，特别顶真地读，像学生那样，画红线，加重点号……她开明地接纳各方面的学说，并且时常刷新，以新的理论覆盖旧的，更以亲身实践去考证或推翻。比如最近，她迷上的是“温度”学说，根据二十四节气变化、根据舌苔之色（红、偏白、偏紫、厚腻、发黑）、根据手指甲（有无半月形、半月形大小、五分之一还是四分之一）、根据手掌上的青筋（有无、所出现的位置及其深浅）等一整套的标准，她让他狗一样伸出舌头，又算命先生般拉着他的手，细细研究，然后确定需要疏肝或是理气、除湿或是清热；那么，什么样的食物才一一对应呢，她另有一张大表，对每一种入口的东西，哪怕是酱油与茶，都精确地分成平、微温、温、热、凉、寒、大寒……整个体系极其庞杂而细微。

穆先生一度以为她是迷了心窍、要像范进那样给扇上一巴掌才好，如此地把肉身供奉着、侍弄着，不正常啊！整个人生岂不是本末倒置？可是很快，他惊讶地发现，妻子不是一个人，她是一群人，她是整个城市，她是举国上下，她是全球浪潮。晚上，穆先生被她拖着在小区“快走”，只见三五成群迎面而来的，莫不面色严峻大步流星；超市里，农场直销、有机食品与粗食摊子前，无数双手像溺水者那样地伸去；熟人席上相见，殷切地口耳相传：祛除百病的倒走运动、冷僻但神奇的牛蒡菜、全能西红柿、万恶之源的反式脂肪、维根素食主义……

显然，妻子是正确的、进步的、符合时代的。可问题是，这就是生活的最终目的与全部过程？有谁注意精神那一方面的事情吗？是否贫血、缺钙、老化、脂肪堆积、病变生癌……穆先生不敢问，怕看到妻子惊讶到像是同情的目光。可他知道，内心深处，他与妻子不在一块儿，甚至，她让他对肉身产生了逆反性的憎恨，绵软但坚决的恨。

憎恨的外在表现就是反胃：工作、同事、家、妻子、儿子、吃饭、睡眠、运动、电视、报纸——真像最糟糕的自助餐啊，盘子里全有，可他索然无味、什么也不想碰。

2. 从阳台上往外看时，他注意到那群鸽子。唉，鸽子，只有像他这样把目光投向虚空的人，才会注意到吧。

阳台外的虚空，呈现为使人疯癫的复制——小区里，一排排相邻着的灰色屋顶下，那紧闭的门窗里，全是一模一样的户型，洗碗池的下水道、电视与沙发的距离、床的朝向、马桶的坑距……他相信，敲开任何一家的门，打开冰箱，都可以取出同样一瓶开了口的“四季宝”花生酱；拉开衣柜，会在同一个位置找到“AB”内衣；而次卧的书桌上，被翻烂的课本内页夹着同样一份奥数课时表……这是样板化与标准化的要素，被切割被压榨下的生活，人人面目含糊！也许，他、妻子以及儿子，可以任意进入某间房子，与里面的主人互为置换，错不了的，太阳照常升起、甜蜜照常流淌——这想法令他感到一阵惊惧，他怀疑自己的整个大半生，所过的都是公共的、他人的、典型化的物质生活，他从来就没有过真正自由的意志……

可是，鸽子！看哪。

正是黄昏时分，暮色灿烂而消极，那群鸽子就在对面的屋顶上。玲珑的身姿，纤巧的不停转动着的脑袋，饱满弧线的腹部，何其优雅而异样的美！它们起飞，它们落下，它们梳理羽毛，它们斜着身子在空中交错，它们突然从视线中飞走。

这骄傲而不规则的飞翔、失控般的消失——他妒忌！

站在密封阳台里，像关在动物园里的某种灵长类，四十七岁的穆先生偏着头痴望着——不禁想念起一个人，想得心中绞痛：那是从前的自己，很年轻的时候。那个他，有趣儿也有点神经质！那时的他过得狂放动荡、充满尘土与暴雨，蔑视规矩与价值，在战栗中虚掷时光！他写过长达二百六十行但全无韵脚的诗，献给一只长满赖疮、瘦骨嶙峋的野狗；他半夜里出发，沿着南京长江大桥跑步，被值勤的士兵追上并严厉盘问；他匿名给一个长得不太好看的女同事写情书，真挚热烈，然后满意地看到她改变了十多年的旧发型；他心血来潮把自己弄成乡下穷光蛋的模样，在寒冷的晚上挨个儿搅和沿街的店铺，并像《百万英镑》里那样，在对方施以不屑时猛地掏出一大叠新票子。

那个自己，什么时候死的？一下子死的还是慢慢死的？竟都记不清了，也不重要了，总之，被另一个驯化的家伙取而代之了，迅速而彻底进入了一个绿色通道，通往稳妥的工作、讲究卫生的妻子、好地段的房、有出息的儿子、洗得干净的车，然后，到了现在，以及……将至的终点。

呸，真不愿承认这样的自己！恨不得断绝关系！一个人该怎么与自己断绝关系？直接掐死吗？这想法有点阴冷，但也很亲切——他重新往鸽子们看去，那里已经空了，夜幕垂挂，它们归巢了。眼前的屋顶重新变得平庸、荒凉。像世界上其他任何一个角落一样，不值得用眼光去停留。

就在转身的一刻，穆先生却忽地看见了最后一只鸽子，正滑翔着飞过，灰色、尾部一圈黑色的“叉”形花纹，像在宣布：错！错！错！穆先生身子不动，只用余光追随，随即，他吃惊地发现，那鸽子所回归的巢，离他很近——就在隔壁单元的顶楼，怎么以前从未留意到？

穆先生仰头看，那家顶楼的露台挺大，紧凑地堆放着若干排铁灰色的鸽子笼。鸽子们正停在笼子顶部或边缘，发出温柔的令人心痒的“咕咕”声，细脖子上一圈异色的羽毛在即将消逝的光线中流溢出令人惊讶的光泽。

穆先生忽觉嗓眼里不适，他紧张地咽了口唾沫，也咽下某种愉悦的期待：此一瞬间，突然像是有一些意义了。

3. 晚餐是蒸山芋和脱脂酸奶，餐桌上十分清贫。饭食现在经常如此，古怪但无法责难的搭配：五种豆子加三种杂粮熬成的粥，嫩玉米清汤，豆渣燕麦团子，加了蒜泥的土豆泥，水煮各种蔬菜，糙米饭。妻子的理论是：好吃的不健康，健康的不好吃。总比生病了吃药强。

“每顿五百克山芋加二百五十毫升酸奶，这是从日本传过来的排毒餐，连吃两个晚上，次日就可以清除出一公斤的宿便。”妻子满脸确凿。

“重量怎么把握的呢？”穆先生尽量提起精神，表现出天真的兴趣。

“超市标签上都打重量的呀，算一算也就出来了。不过，我还真想买个家用小磅秤，那样更方便。快吃吧，山芋要连皮吃！”

“我是问排出的宿便，那个一公斤怎么……”

“别闹了，这在吃饭呢。”妻子拿起她的“饭”，黄灿灿的山芋。

实际上，穆先生想问妻子另一个问题，想问很久了：“嗳，我说，你真觉得，这样围绕着身体忙乎……是件头等重要的事？”

“想什么呢……还用说嘛！我们这岁数……”妻子缓慢地细嚼慢咽，每一口嚼二十下，当然她并不真的数，但保持那种计数般的节奏，看上去像是在嚼油渣、口香糖或是其他难以下咽的东西。

“你一点不觉得，这有点可笑？而且……越想越觉得这挺没劲的？挺……”穆先生说着，自己也停下了。他发现这是块抓不着的痒，他没法确定，在这具好吃好喝的肉皮囊之外，他到底想要什么？他所消沉与焦灼的核心到底是什么？这确实很难跟妻子或是跟任何一个人说！

妻子笑了：“所以说呢，你就是太有闲劲儿了！待会儿跟我做拍肩操吧，散出汗来。身体多动动，脑子就不会胡思乱想了。”

谈话像进入了十字路口，他眼巴巴地站在西边，妻子却满面笑容地往东拐。这不是第一次了，这还将有很多次。穆先生改变话题：“对了，看到一群鸽子，就在我们……”

“哦，那个！怎么才看到？就是旁边那个单元、六楼那家！我知道有不少人到物业投诉！也有找我反映的，鸽子也会传染病毒你知道吗？它们的粪便、羽毛，还到处飞、到处啄，比鸡可危险多了！一有什么疫情，可就倒霉了！偏偏还在我们家楼上！”妻子是小区业主委员会成员，她有些忧心。

“但……它们，很美。”穆先生小心地遣词。实际上，他想他不该跟妻子谈起它们。新话题还是一个十字路口。

“……不过，鸽子肉可是好东西！性平、温补，‘一鸽胜九鸡’，不得了的好啊！鸽子蛋更好，外面一个鸽子蛋的价格可以买一斤半鸡蛋！”妻子又带着冲往下一个十字路口。“你说，我们能跟他直接买吗？鸽子最好，鸽子蛋也行！那可是一顶一的新鲜！外面许多鸽子蛋都是人工的，多可怕。”

“我们……不认识。”穆先生终于吃完了他的五百克连皮山芋。

“那就搭搭话好了，你不正好无聊得很嘛。你就跟他说，我可从来没有把投诉转给物业。”妻子找到了友好睦邻的突破口，笑嘻嘻的。她正在喝一勺果醋，据说这最利于平坦腹部。

4. 不，永远不要鸽子蛋，更不要鸽子肉。但穆先生还是跟鸽子主人搭话了，他觉得隔着阳台、半仰着头跟陌生邻居费力地谈谈鸽子，是件不赖的事。

养鸽人面容不详，因为他总是被网格眼的鸽子笼遮住，但这不妨碍他嘶哑而兴奋的声音。

“我这可全是赛鸽！赛鸽你懂吗？外鸽还是国鸽、什么铭血、父母战绩、第几代做种，那可讲究！你能看到它们的足环吧，生下来就套上，年份、国籍、省份、编号，错不了的，比人还正规！

“是啊，我玩鸽子有些年头了，最早我还是‘铁血信鸽’

协会的理事呢，但停了好几年，本来发誓不再碰的！

“为什么停？伤透心了呗！ 2001 年的哈密远程赛，5832 羽参赛鸽，可二十天后、一个月后、两个月后，所有的鸽主人都眼巴巴地站在鸽巢边等啊，多可怜，统共才回来 60 羽！ 1%！其他的呢，都没啦，包括我的十四只鸽子，最好的‘雄鹰号’血系！最好的范氏詹森！还有疏勒河冠军的孙孙代鸽！我跑了多少趟吴淞才从前辈手中讨来的种！全都一去不返！

“为什么又养呢，唉，也说不清，主要是贱，总得有点事忙着才好，不过主要是因为……”养鸽人的声音突然没了，好像这个原因是个禁区，他及时刹住了。接着，他拐了个弯。“瞧着吧，一个月半后，我会参加玉门镇的超远程赛。但我不再会送那么多了，打算就选五只精华！呃，玉门镇，听说过没？经度 97°02′、纬度 40°16′、海拔高度 1527 米，赛程 2100 公里，我可清清楚楚……”

这看不到脸的鸽主人一扯起来就没完没了，自问自答，穆先生只需“嗯嗯”地敷衍，谈话便如火如荼。穆先生想：大概又碰到了个内心有兽的人吧，故而把自己吊在鸽子身上——这推理让他走神——他给时间按下快进键，并突兀地选择了那个遥远的玉门镇：统一开笼的放飞时辰，四五千只鸽子瞬间冲天，黑压压的使得天光在瞬间黯淡，翅膀翻飞堪比沙漠狂风，飘零的细绒似八月飞雪，人们屏息掩面无法正视……卓越的长途跋涉中，冷雨、乌云与饥渴，鸽子们没完没了地飞，飞过破败的屋顶与肮脏的河道，飞过张开的网与枯死的树枝，它们筋骨酸痛、肚皮干瘪，但双目圆睁，俯视着冰冷的人间，身下的气流如隐喻的刀锋，替99%的鸽子凿刻好黑灰色的结局：或双眼肿胀力竭而亡，或路迷失踪、在陌生的檐下寄居，或半夜冻死、坠入无边的草莽，或白昼饮弹成为某人盘中一餐……

不知怎么的，穆先生竟差点掉下泪来，他忽然觉得，鸽子们那赌命般九死一生的惊悚激情，正是他最为渴求的但永不企及的寄托。

“……鸽子的返巢，那可神乎！可以讲几天几夜，但我不信那些‘太阳导航’、‘地磁导航’、‘天体雷达’、‘遗传基因’什么的，太玄了。我就信一个：‘干柴烈火法’。鸽子这小东西，有情有义呢，终身一夫一妻！替它们搭好对子后，让它们雄雌长期同巢隔离，直到集鸽前才给它们半小时亲热一下，然后上路，得，这就成了，它就会急了，想再续旧情儿，就赶着往回飞……”

穆先生忽然不想再听下去了。他觉得养鸽人的声调颇为暧昧，那种自得其乐也非常功利。不，这家伙并不真的懂得鸽子，他只是在给自己打发时间！他不知道鸽子们到底在为了什么飞翔，为了什么在中途消失、或拼死返回故园。

“您……是做什么的？”穆先生打断他。

“噢……做后勤……”养鸽人简约、含糊地应道。听上去他对自己的生活全无兴趣。

5. 妻子在墙上贴了一张标准经穴部位图，横平竖直，左右审看，好像那是幅举世无双的油画名作。饭后，她拉过穆先生，对照着图像上赤裸的男体，盲人摸象般寻找指认：颔厌……攒竹……地仓……华盖……意舍……

彩色人体图上，穴位们如蚂蚁爬了一身，约莫总有五百多个吧，各有着穿凿附会的名字，有些紧挨着，有些抽象地构成多边形。穆先生瞟了几眼那巨大的图，随即闭上眼睛，听凭妻子掰弄。人体穴位，真是离奇却富有想象力啊！这下子又够妻子折腾上好几个月了。

妻子的声音断断续续地传来："血海穴……阴包穴……你知道吧，十二个经络连着十二个脏器，等我摸熟了，以后你哪个地方不舒服，我就拿捏哪条经络，从根本上起作用！嗯，你看，足少阴肾经对着肾，手太阴肺经对着肺……还要分时辰捏呢，大肠经要卯时捏，胃经是巳时，心经是午时……"

穆先生咧开嘴笑，多无辜的妻子啊，如此精确地热爱生活！她充实吧，她幸福吧。老天护佑，但愿如此。

想起个事情："哦，楼上那鸽子，你可别打主意了，人家是赛鸽！血统正的要一两万块一只呢。"穆先生顺便聊了些赛鸽的事情，根据养鸽人的口述，而非他的狂想版本。

"哦！你不说我差点忘了，"妻子站起来，很有兴致地拿出一张打印纸，"今天在网上查的。"

穆先生接过来。

鸽肉的蛋白质含量在15%以上，并富含维生素及钙、铁、铜等矿物质，尤其是乳鸽肉中含有较多的支链氨基酸和精氨酸。其骨内含有丰富的软骨素，可与鹿茸中的软骨素媲美，经常食用，能改善皮肤细胞活力，增强皮肤弹性，使面色红润，特别适合中老年和女性食用。

鸽子蛋的核黄素含量是鸡蛋的2.5倍，卵磷脂含量比鸡蛋高3～4倍。每100克鸽蛋的营养成分：蛋白质10.8克、脂肪16克、泛酸0.62毫克、叶酸60微克、生物素12微克、烟酸0.08毫克……

穆先生读着，一阵骇然，不愿也不敢去看妻子了。幸而他并没有说出自己对鸽子的崇拜与渴求。谈话不是一般的分岔路口，而是悬崖峭壁。

“像我们这样更年期的人，真的需要吃些鸽子补一补的……”妻子现在捏到他的小腿外侧偏后。“这样舒服吧，腹部有没有温热的感觉？这一条脉是膀胱经，对前列腺有作用。”

“假若我是只鸽子就好了，我就不要这条命，给你吃好了。”穆先生似笑非笑，眼神有点远。他奇怪自己哪儿来如此的心绪讲亲热话。

可讲真的，他要真能是只鸽子多好！他会摆脱掉这陈旧的虚无感以及这些狗屁不通的穴位——绝不苟且、绝不合作，径直地往冷里飞，往饿里飞，往荒原和偏僻里飞，流离失所着，过上他本人、他自个儿的生活！

“嘿，逗我高兴哪，哪儿舍得吃你！”妻子手下更为用劲了，眼神却柔和起来。多么懒洋洋的天伦之乐！穆先生真该感到安宁吧！妻子由衷感叹：“说真的，那家伙自己就从来不吃鸽子吗？这也太可惜了，像你刚才说的，十几只都飞没了！白白的不吃！傻呢。”

穆先生点点头，重复着表示赞同：“是傻。白白的不吃。”这样说着，突然心有所感。

他往窗外瞟去，果然看到一只鸽子正咕咕地点着小脑袋在他的视线里来回踱步。夜色漆黑，可那只鸽子十分清晰，悬在半空，尾部一圈“叉”形灰色花纹，艳丽的红眼睛正无限深情地看着穆先生。

他认得这只鸽子，初次相识的就是它。穆先生怔怔地回看，一阵心酸与苦涩，蓦然觉到这个房间、这个家特别空旷了，妻子站在无比远的一个地方，风呼呼的，他整个身子飘浮起来，逼真地模拟着陌生的飞翔，并沉浸于一种接近极乐的境界。但他的目的地不是家巢，而是那风蚀地带的玉门镇、精神崩坏后的葬身之所……

“嗳！老穆！听见了吗？难道这个穴位有催眠作用？你睡着了？”妻子冲他耳朵吹气。“听到我说的了吗？你就随便问问，他那么多赛鸽，总有想要淘汰、处理掉的吧，咱就买回来嘛，赶着新鲜的做。我有空下载食谱去，炖汤、清蒸、椒盐应当都可以的，保管喷喷香的……他若不肯呢也就拉倒，我就到市场买。真是的，怎么早没想到，这么温补的东西，该早点吃才是……”

穆先生有气无力地笑，再次往窗外看去，那只在黑暗中闪亮的鸽子，也在冲他点着头笑呢，连尾部的叉形花纹都抖动了一下。他突然感到不解，鸽子怎么竟会笑呢。

6.“我不跟你讲血统，那个太复杂。颈骨与龙骨的讲究也不是一天两天能学会的！羽色尾尖什么的又太没劲。来，你凑近了，我教你看眼睛！首先，要生得高，喏，在嘴喙线以上，这样它的视线就不会给鼻瘤挡喽。再者呢，看眼皮，颜色不论，红、黄、黑、灰都行，但要薄！要紧包住眼球！同时，眼球不能水汪汪的，看着是美，可体质也是林黛玉……不，你别看了，这些都还是皮毛，最关键的是看瞳孔，你仔细盯着，看它收缩的频率，越快越好，来，把手放这儿，用大拇指和食指按住鸽头，感觉到了吧，瞳孔在抖动！”

实在有些莫名其妙，这一天，鸽主人热情而固执地邀请穆先生到他的露台上，他眼睛上套着一只眼底镜，像修手表的人那样，眼球被推挤着放大了，颇为怪异。他也递给穆先生一个，然后熟练而温柔地不停伸手到笼子里，捉出不同的鸽子，自顾自指点着大说一通。穆先生听不大明白，实际上也并不想明白——对精确与科学，他略微抱有敌意。再说，这一切，对鸽子本身，有意义吗。

“……最最关键的，是鸽子的虹膜，全部的奥秘就在这里！一百只冠军，就有一百种眼砂！看它的底砂和面砂，底砂要清澈，面砂要有立体感，你看，这只是白底红面，叫‘桃花’眼，如果是黄底红面，就是‘鸡黄眼’，我喜欢鸡黄眼，适合在阴天飞，看这只雨点黄眼，这是我最好的远程鸽！”

在养鸽人一再的邀请下，穆先生戴上眼底镜、凑近了去凝视鸽子的眼睛，这一看，慌乱了——那虹膜里的流砂，丝绒般的、泼彩般、飘浮物般的，想象不到的华丽与流转！他几乎不敢多看，却又像被勾住魂魄似的，想要纵身跃进！更为异数的是眼部最中间的瞳仁，在红黄彩云的围绕之下，无限深远地黑着，通灵而狡黠，好似把他的前生与去程都看透了一般。穆先生打了个寒战。

“嗳，知道为什么请你来？是这样，想请你帮我挑五羽去玉门的鸽子！”养鸽人盛情地说，像是给穆先生一个礼物，可那语气里，或多或少又有些可怜巴巴。穆先生想起他刚刚穿过的养鸽人的餐厅与客厅，拥挤却荒芜的生活场景再次复制粘贴：桌上的水果、沙发上的晚报、角落里一只篮球、女主人散放在门厅的高跟鞋……模版下的另一组丈夫、妻子与孩子……煞有其事的工作、终身减肥的女人、永远滚烫的网络线……养鸽人的从来不谈生活，是明智的。

“我哪里懂？我完全是外行！除了懂得吃鸽子！”穆先生不知怎么地粗鲁起来，但他想他最好粗鲁一点。

“你就随便凭感觉选好了！你是不知道，我已经挑了很久！看哪一只都好，看哪一只也都不行。难搞死啦，关键的，我有点怕，多少年没飞过超远程了，谁知道会不会跟上次一样……选了哪只鸽子，就等于……所以，让你来挑，我反倒安心些。喏，这三笼，都是壮年鸽，也是跑远程的品种，你只需看这么多。”鸽主人把眼底镜取下来，直盯着穆先生。

穆先生也看他。养鸽人的面孔完全陌生，微秃的头发梳理得颇斯文，眼神却带着粗粝的急迫，与他面对面贴近地站着。穆先生不自在起来，好像踏入了一个似曾相识的恍惚梦境，他与一个姓名不详、衣着随意的外地人，站在灰黑色的雨天，鸽子笼边，艰涩地谈论彩虹、羽毛以及生死……

“那么，我就……”穆先生突然急着想要离开，他不愿贴近他人的软弱。于是装着认真，一一看着养鸽人抓出的鸽子。“左手那只。”“刚才那只不错。”“倒数第三只！”压根不知依据什么，他确定了五只。然而……那只在黑暗中闪光的叉形纹灰鸽呢？一直没看到。

他问起，有些不好意思地描述：“有一只……尾巴上像打了一圈叉叉！错错错……全是错！”

养鸽人坚决地摇摇头：“从来没有！不可能的呀。你看，这花纹，要么是雨点，要么像水波，最多，也会像个勾！对对对！怎么可能是叉？错错错？你倒会开玩笑！”

“从来没、没有？”穆先生惊诧了，可他旋即谨慎地收回询问。“那是我看错了。”他决定不再跟养鸽人提那只鸽子了。养鸽人不知道，这就对了。那正是他穆某人的鸽子。

养鸽人并不在意，只一味地把那五只鸽子逐一拿出来反复看，轻声念叨足环上的编号，给穆先生讲它们的血统与配种，外祖母或是叔叔与姐姐了不起的战绩……

鸽主人突然仰着脸往天上看了看，那里什么都没有，他变得腼腆了：“呃，如果它们是1%，命大，能够从玉门回来，我……我会给它们取上新名字，到时还是你来，你来命名！”

穆先生摇摇头，他并不需要养鸽人的倚重，内心反而冷酷起来，好像他实际上已经看到了某种结局——由于鸽子的原因，或是他的原因——不会的，他不会有机会再替它们命名。

“那你们养鸽子的，鸽子或是鸽子蛋，从来不会吃吧？”跟妻子的叮嘱无关，穆先生只是决意要冒犯一下对方，结束这有些湿答答的对话。

“哦……有些培育失败的种或是老弱的，或是天落鸟什么的，肯定要处理掉。就算要吃，不会吃自己的，鸽友之间交换，我给他，他给我。懂吗？这样好一些。至于蛋么……”鸽主人说着什么，但声音混浊了，他的头伸到笼子里，大概是要捉出他最中意的那只雨点黄眼鸽。

穆先生借机转个身，不声不响地离开了露台，径直回家了。他感到自己刚刚做了件很扫兴的事：为什么要替他选出那五只鸽子。

离开之前，他从露台上往下看了一眼，可以看到自己家，很近，斜拉着的空间有种亲切的变形感，似乎耸肩一跃就可跳过去了——这让他的双股激灵了一下，肌肉的记忆闪电般复苏。

他记起大学时到外地实习，他跟人打赌，跳过一个约莫两米五宽的废弃人工渠，渠底深幽、怪石交错，若跌下不堪想象……他鲁莽且侥幸地跳过，嬉笑之色如常，喝彩声中赢得了两包骆驼烟。然而，此后好几年，每当他无意中叼起一根骆驼烟，喉间便会涌上一股腥甜，欢愉而暴动。他觉得自己的命是分外得来的，当与众不同。

7. 妻子果真到外面去买了两只乳鸽。“真不得了啊，比一只老母鸡都贵！”妻子满意地抱怨着，带着对鸽肉的推崇。但此前，关于鸽子，他们有过一次颇为和气的争执。

看着穆先生两手空空地从养鸽人家回来，妻子眯起眼睛：“他那么死命地请你上去，真滑稽呢，有这么小气的……”好比开饭店的不请人两顿酒、做出版的不送人几本书，简直太说不过去了。妻子这么说说也是不无道理的。

“不是说过，人家是参加比赛……”穆先生仍然沉浸在那飞身一跃的回忆中，不想费口舌。

“到现在，我有件白色毛衣上，还有一块黄斑洗不掉！你猜那是什么，鸽子屎！可我都没有向物业报告过他！真要较起真来，啊，传染病、防疫什么的，他一只鸽子都保不住！”

“你，不会……吧？”小区业主委员会的权力还是大的，穆先生不踏实了，想起养鸽人那咄咄逼人的狂热来，他为什么这样一心扑到鸽子上，丢开了又重新捡起，他走过什么样的哀乐路……就算不管他，还有那些雪白的鸽子、灰色的鸽子！可不能啊。

“那也不至于，”妻子看出他的意思，马上做出并不往心里去的样子，“……马上我就去自个儿买两只去！”

穆先生口中泛出酸水，也许是要吐，也许并不是。他知道自己，他并不会猛烈地拒绝鸽子汤。他一点儿不想表现得怪里怪气、为某种难以说清的核子跟妻子作对。归根结底，他早就是个好脾气的人，不是吗。

鸽子汤微微发黄，几段葱白悠然青碧，数粒枸杞锦上添花，汤味鲜香，肉质甘美，真是人间至味。穆先生喝得尤其的香，又添了两半碗，直吃得微微发汗。妻子说这样的效果就最好了。

他甚至还就着上次的话题开了个生硬的玩笑：“恐怕这就是我变的，我觉得我在吃自己的肉、喝自己的汤……”妻子没笑。

但他几次都感觉到窗户外、那叉形花纹的灰色鸽子又浮在半空中盯着他看了，穆先生不去看，他自知此刻十分猥琐——这肉身的沉重！

晚上，两个人对坐着热水泡脚的时候，他跟妻子聊起了白天的消息，一个老同学的死讯。“真没想到，他还是系里二百米短跑纪录的保持者！还记得前年同学聚会，他说他有‘三个一百’的理想：替妻子挣一百万、给儿子买一百平、让自己活一百岁。唉！”

这种事情就像吸铁石，最容易引来一串同类的碎屑。妻子感叹着历数：某同事心脏病突发，远房表哥中风，朋友的前妻白血病，儿子的老师胃癌……最终，妻子一边往桶里续热水一边重申：“所以，你知道我为什么整天忙活着捶捶打打、烧些吃吃喝喝吗？我可是暗暗下了大决心的，要替我们俩的身体站好岗、把好关，这就是我最大的事业，其他别无所求。你这下懂得我了吧。”

穆先生感动了，随即又觉得这感动肤浅至极，跟他前两天对养生的蔑视同样肤浅。

但他决心乖乖地、虔诚地吃鸽子——他只配如此：妻子烧了便吃，并且连吃三碗，吃到微汗为止。他得让自己彻底地平静下去，温补，温吞，温和。没有血性的人显然更宜养生。

至于那些鸽子，由着它飞去好了。它们生来就是要在飞翔中死去的，而他，既是走到了这样的庄重这样的肥白，注定就要在床上衣冠整齐地吐出最后一口浊气。

8. 每天的黄昏，穆先生照旧张望屋顶的鸽子，但似乎不那么热心了。

而养鸽人仍在楼上冲他絮叨。他最近情绪亢奋，玉门的赛事越近，越是明显。

他大谈鸽子的吃食：譬如番红花与枸杞，提气明目；譬如酵母粉，增加消化能力；再譬如硅酸盐和保健砂，可以清理肠道；而饮水里，则要加大蒜汁，或者加蜂蜜，各有各的功用；而对那五只选手鸽，他正准备开“小灶”，补进口蛋白粉……穆先生耐着性子听，慢慢发现，那养鸽人念念叨叨、自以为是的口气，跟妻子的养生经何其相似，这不是让鸽子也跟人一样，变成了一具吃吃喝喝的肉皮囊！穆先生浑身不舒服起来，该死的，真是可惜，白白跟鸽子耳鬓厮磨了这么些年！他养的只是它们的肉体！

但养鸽人辛苦的沙哑嗓音仍在诉说。五十公里、一百公里的定向训飞，夜间训飞，还有打野食——让鸽子们先饿上几顿，然后带出去，把花生、豌豆、赤豆、小麦、高粱米、瓜子仁什么的埋到土里、扔到沙里、撒在草根里，逼着它们自己去刨、去找……“否则飞超远程就是送死！我……要让它们好好地回来，好去好回。”养鸽人的声音在晚风中摇晃，像他的面容那样模糊起来。穆先生心又软了，莫名其妙地想到了妻子，养鸽人、妻子，他们都是真实、无辜的，他有什么权利去责难！

“哦……你这么真心诚意地弄，它们心里肯定明白的……”他隔靴搔痒地安慰。一边往窗外看，鸽子们此起彼伏的盘旋着，断断续续连成稍纵即逝的线条，像在写一本潦草的天书，带着嘲弄般的预言，惜乎永远没有人能懂。

“快来趁热喝吧。”妻子在屋里招呼。穆先生仔细地把阳台上的窗户一一关上，尽管鸽子汤味道清雅，不会像炒洋葱或是煨红枣。但穆先生还是关了窗，外面那么多鸽子正在飞呢。

这些日子，真喝了不少鸽子汤了。养鸽人在焦灼，鸽子们被训飞，穆先生的气色在变好，妻子的事业越来越壮丽——除了继续有条不紊地从事各种锻炼、定期熬制固元膏外，她还在饮食的多样性上颇下功夫。她最近接触了一个“杂食说”，即入口的食物越杂越好，要有广谱性、交叉性与覆盖性，叶类、茎类、谷类、坚果、豆制品、水果、奶蛋、红肉白肉、海产品等等，每人每日的食品种类最好是二十五种以上，从早饭开始，她设计一天的菜单，到晚上，则翻着眼睛默声统计，看是否达到基准数目。

穆先生欢迎“杂食说”——妻子忘了抱怨养鸽人了。

但有一件隐隐作痛的事：那只叉形花纹的灰鸽子，它不再来看穆先生了。穆先生想念它，却也不愿当真见到它。

他低下头专心喝汤。

9. 就在玉门开赛的前一周，养鸽人的声音突然变得像蛇那样嘶嘶的。穆先生刚在阳台上露个脸，他就迫不及待地宣布，声调荒腔走板：“嗳，我，打算，全部让它们飞玉门镇了。一只不留！三十七只！全送走！”

穆先生嗓子一阵刺痒，于是狠狠咳了一声。也许这养鸽人本来就是个喜怒无常、忽左忽右的家伙，还有什么好说的！随他去！只说些闲话算了：“还来得及报名吗？而且，那参赛费，要多花不少吧。”

养鸽人嗓子变尖了，悲怆得像是极度喜悦一般：“你怎么就不问问为什么？为什么？啊？我要全把它们去送死？”他一点不避讳了，此前，他还怪那个的，从来不提半个死字。

穆先生不吭声。他想养鸽人一定会自问自答。

但不，养鸽人还在怪腔怪调，尖锐起来：“你倒是问哪？你不是一直装得很好奇吗？原来你对它们压根无所谓？你是当真喜欢我的鸽子？还是只是因为你没事可干？”

穆先生让步了，而且他也确实感到心乱：“那么，到底怎么回事？”同时，他贪婪地悼念般地看鸽子们，如此说来，这是它们的最后一个星期了，在这片屋顶上，在他的视线里，在这个平庸的世界上。然后，它们将消逝于未知，或者，如养鸽人凶狠而准确的说法：去送死。

“我被投诉了！业主委员会、物业管理办公室联合通知我，很正规的，书面通知！盖了大红章！十天内，十天内把鸽子全部处理掉！你说说看，这不是天赐良机嘛，难道我搬家滚蛋？或者把它们卖钱？还是送到那些认钱不认鸽的公棚里去让它们饱一顿饿一顿？或者我能把它们全都烧熟了吃掉？所以嘛，太好了，去比赛啊，让它们飞去！管它99%还1%，反正这就是它们的命！这样多好，简直他妈的太圆满了！”

穆先生往身后瞧了一眼。沙发上，妻子正架着眼镜，研究一个介绍“禅食”的宣传页。茯苓、核桃、山药、薏米、芝麻、葛根、银杏、阿胶、黑豆、南瓜子、糙米等十来种玩意儿磨成粉，每日开水冲服，美白去色斑！减肥通便！延缓衰老！益智健脑！降糖降脂降压！改善视力！增强免疫力！所有能想到的人类对于健康的诉求，这个叫“禅食”的法力无边、全部满足——这是妻子今天逛超市时无意中得到的收获，相见恨晚，一直在孜孜不倦地研究……此刻，她的姿势极为放松而超然，表情无可挑剔，对窗外养鸽人的叫嚷充耳不闻……她的耳朵真太不好了。

穆先生的胃里开始颇有规模地抓挠起来，好像他曾经吞下去的那些鸽子全部复活了，在他的胃里挣扎、扑棱着，他只要一张开嘴，那些白色与灰色的鸽子就会接二连三地展翅飞出。

“楼下的！怎么不说话？……我可没怀疑你！你这人，哼，才不会投诉！我早看出来了，你是个没性子的面团人！说句实话吧，其实我并不喜欢你这种肉肉的性格，很让人烦的知道吧……包括你替我选的那五只鸽子，你选得不对！它们根本不够好，连我最好的雨点黄眼你都没挑出来！不过……也真怪，你选中了之后，我反倒特别喜欢起这五只鸽子了，所以很不高兴，凭什么就是它们，而不是别的？”

养鸽人这次当真进入了自语状态，根本不要穆先生辩白或是附和。他永远不会想到，穆先生对鸽子们虚无的寄托，以及他妻子与鸽子之间热气腾腾的世俗关系。

“总之，你想不到吧，我是真的蛮高兴的，放五只鸽子或是放三十七只鸽子，有什么区别？这样也好，同难共死、一了百了。我就再也不用心神不宁了。”

穆先生再次咳嗽了一声，试图说点什么。事实上，他想到了那只叉形花纹的灰鸽子，它也要消失了吧，再也不会突如其来地与他对视！他记起它的眼睛了，其眼砂与众不同，面砂是蒙娜丽莎的诡谲，底砂是阿弥陀佛的慈悲。

10. “楼上的那家，你知道的吧。”穆先生仔细盯着妻子。“果然被投诉了，就要把鸽子都处理了，凭我跟他的交情，说不定会给我们一些呢……到时我们可以一起杀了，然后冷冻，需要的时候就吃上一两只，那多方便，足可以吃上几个月呢。”

“那敢情好，咱可要给他钱！要说，信鸽可比肉鸽强多了，天天被训着飞呢，吃的也不是饲料！”妻子从科学角度回应，但似乎不太感兴趣，她正皱着眉，忧心忡忡、举棋不定的样子。“唉，这个油啊，是个大问题！我跟同事今天在网上研究了半天，完全糊涂了，都说橄榄油好，可是它的亚麻酸只含1%，反而是老式的菜籽油最高，11%！花生油呢，不饱和脂肪量仅次于橄榄油，可它不含胚芽，那玩意儿对心脏、中风好！葵花籽油也不赖，强就强在亚油酸最高，跟死贵的红花油差不多……这些科学家真是的，说这么多干吗，这叫我买哪一种好呢。”

穆先生不再盯着妻子了，明白他不可能再问到什么。同谋的负罪感像瘪掉的气球。或者，他并没有资格去刺探妻子。

事实上，就在今天早上，养鸽人伸长脖子告诉他：“一大早就集鸽了，它们被送到玉门去了。”

露台上的鸽子笼透明起来，像天空那样空荡着。穆先生一阵恐慌，他的生活，复将沉入死疙瘩一般、连微澜都没有的平静吧，阳台之外，继续重复雷同的画面。

穆先生羞耻得热泪盈眶。他同情自己，甚而也同情起妻子，他们亲为夫妻、日同食夜共眠，实则却是各自惨淡经营。他同样并不真的理解她，也从未真正关心过她，她或许比他更为不幸——花生油、橄榄油、大豆油、葵花籽油……这就是她真正的兴趣吗，想一想，真太凄凉了。

“楼下的，我收到短信！司放员今天六点零八分开笼放鸽了。想想看！你想想看啊，它们开始了！”养鸽人举着手机冲穆先生挥舞。

“今天是第三天了，”养鸽人忠诚地报告，“三十七只小东西正使劲飞着呢！看天气报告了吗，昨天西部地区大雨……”他的脸依然被鸽笼遮住。穆先生发现自己完全想不起他的长相了。

“四天半！”嗓音在空中弹跳，“冠军鸽已经产生了。南通的！我知道的，那家伙肯定是西域公主那一路的配种！哎呀，六千多羽的冠军鸽啊，太美了。看着吧，下面就开始陆陆续续回来了，说不定会有三四百只！他们告诉我，现在返巢率提高很多了，就算超远程，5%、7% 也不稀奇的。”

“第十一天，不急，早着呢，一般都要十四五天。慢的两个月也能回来，咱一共有三十七只呢，总归会回来的！没忘吧，你可要替它们想好名字！”他的口气竟充满了盲目的骄傲，乐观像是借来的外套，难看地罩住了他，很不合身。

啊，取名字。不可能的。穆先生可以肯定：这不是鸽子的问题。

穆先生有时都不到阳台上去。但养鸽人知道他肯定能听见，声音像翅膀那样拍打过来：“我有个鸽友的鸽子也回来了，那孙子还在外面打麻将呢，半夜回家一看，×，都回来了！个龟孙子的，打什么麻将！我就不打。我天天激灵着，哪怕夜里，有一点动静我就出来看！”养鸽人的身影在露台上飘忽着，他很轻盈。

第十五天、第十八天……

穆先生差不多已经不能够再往阳台去了。夜晚，当妻子揉完腹部略带疲倦地睡去，他便起身，坐到客厅，在黑暗中坐着。鸽子们激情的飞行在继续，漂亮的死亡也在继续。他多么向往那种飞与那种死啊。他恨自己这样白胖而暖和地坐着。

他瞪视黑洞洞的阳台，一种虚构却强烈的思念之情再次来袭：那只叉形花纹的灰色鸽子呢，真的完全抛弃他了吗？他渴求它的眼睛，白底红砂，华丽婉转地流动，像最精微的舞台，谴责的同时也在诉说惺惺相惜的深情。

他想得根本无法入睡。

……他想起这辈子里的另一些通宵不眠夜：十二岁，眼睁睁看着早夭的姑姑咽气，头一次接触到人的死亡，惊愕与恐惧，眼睛不敢闭上。毕业吃散伙饭，他与上铺的兄弟凶狠地相互灌酒，醉得在冰冷的水泥台阶上爬。儿子断奶，他抱着摇了一夜，内心怜悯普天下的婴孩，多少幕生而为人的悲剧正在上演！前年除夕，看完花团锦簇的联欢晚会，巨大的沉痛与虚无堵住心口，清醒地躺着，听陆陆续续的鞭炮声，骤然泪下。

直到凌晨，他依然枯坐，两只手对捏着，捏出了红印子。他感到他正置身于茫茫夜行船，苦渡着这具被阉割了的多余肉身，送其至沉沦的彼岸。“吾所以有大患者，为吾有身，及吾无身，吾有何患？”这是水中浮现的古句，拍打着船舷发出宁静的节奏。

晨起的妻子出来了，喝了二百毫升（她有一个专用的带容积刻度的杯子）加了蜂蜜的温水，然后握着梳子站到阳台上。

"又失眠了？你呀，就不听我的，只要坚持热水泡脚、坚持撞墙、睡前一碗小米粥，怎么可能睡不着呢。"

穆先生最后一次挣扎着，试图跟妻子说出点什么："……我是心睡不着，所以肉才睡不着啊……"

妻子把梳子换个手，把左脑勺换成右脑勺梳："没关系，我知道三九网上有个著名中医，据说蛮灵光的，可以在线提问，我哪天替你讨一副养神安心的方子！不过我说你呀，到底怎么回事，总跟身体过不去似的，它是石头还是墙，怎么就妨碍你了！健健康康、安安生生地过日子还有错啊！真搞不懂你！"妻子瞪着他，那对眼睛似是清明，似是疏离与空洞。她肩膀上披了块毛巾，上面落了许多的头发。

妻子说得有道理。他是太不懂事了，该拿这颗紧绷着飞速离去的心怎么办？留不住了呀。

"我……的确……"穆先生抱歉地笑一笑，"看你，还要再多吃点芝麻，瞧这头发掉得……"

妻子惊讶地看了他一眼，他怎么会注意起她的头发了。

11. 不知道是哪一个夜晚了，这个夜晚有微风，有点月色，并且不冷不热，非常宜人。穆先生的幸福降临了——

因为他清晰地听到了一小串"咕咕"声，没错！那温柔而撩得人心痒的"咕咕"，如同人类无邪时期的牙牙学语。

他迅速地计算时间，还没到两个月，这么说是真的！

有只鸽子从玉门回来了！它进入了1%、5%或是7%！甚至，呃，穆先生的头脑因为兴奋而打起结，会不会，正是那只叉形花纹鸽呢！尾部打了一圈叉叉、宣布一切全是错误的鸽子？

穆先生从沙发上站起，屁股下一个松软的大凹坑，他注视了片刻，略感留恋，然后走上了阳台，打开窗户探出头。月朗星稀，四野寂然，对面公寓光秃秃的，如同丑陋的剪影：看不到任何伶俐的身姿。

穆先生往上看，夜色里，被遗弃的鸽子笼凄凉如坟冢。可是，那只远道归来的鸽子将要进去了！穆先生激动而谨慎，他咬着嘴唇、抖着半边的腿——有一个蛮不讲理的念头：他不愿与养鸽人分享这只叉形花纹鸽子的回归！这鸽子，跟养鸽人无关，只有他才看到过、才知道它的存在，它正是为了他才飞回来的！一定的！

他再次抬头往白亮而空荡的天上寻找，一边侧耳倾听，非常低的"咕咕"声亲切而令人心碎地传来，像是最贴心贴肺的呼唤。怎么办呢？他想钻到鸽子笼里去迎接它、与它重聚！甚至，他想变成另一只鸽子，亲口蘸着唾液替它梳洗羽毛！他要对它泣心滴血地诉说对肉体的蔑视、对理想的追悼、对悬崖峭壁般精神生活的渴求！对，他会说的，不着一词地"咕咕、咕咕"地通通说出来。

哈，穆先生短促而得意地笑了一下，某种血性复活了一般。还记得那桩打赌跨渠的往事吗，有啥了不起的，他还没有老到那个程度吧，何不再来一次？

夜色中，穆先生乜斜着眼睛，含糊地目测阳台与那个露台的距离，差不多嘛！他愉快地、却也是非常不熟练地伸出了他僵直的腿，像三十年前那样无所谓的一跃，鲁莽而嬉笑着、自视甚高，为了平衡与优美，他还张开了双臂，上下扇动——

如果此时对面公寓里恰好也有个人儿失眠、而失眠者正呆滞地盯着窗户等待天明，他会意外地看到一小段清晰亦颇为神奇的画面：有个身穿睡衣、微胖的中年男人，如跨越某道鸿沟般、跃出人世的阳台，继而往侧上方飞去，他肥大宽阔的肉身，在风中缓慢而沉重地飘动、上升，直至化为一只怪模怪样的灰色大鸟，其情状，超逸尘世，美不胜收。

黎明的第一道处女般的光线，差不多正是在这个时候，朦胧而甜美地照了上来。

穆先生的妻子在睡梦中翻身，无法听到巨翼划过气流——顶楼的养鸽人却在警醒的等待中惊醒了，他胡乱披件衣服仓促地冲了出来，清凉的空气沁人心脾，让他打了个喷嚏，随即，他的嘴僵在半空：微微发红的晨光中，一只尾部带有叉形黑色花纹的巨大的鸽子正忽近忽远地盘旋着，徘徊复徘徊，像要在最后的道别之前，唤醒这仍在沉睡的红尘，并致以苍凉的祷祝。

养鸽人圆睁双目、继而莫名其妙地淌下热泪，沙哑地喃喃自语：“老天爷啊！看它的尾巴，果然是‘叉’，全是错错错。楼下的，你说得没错。”

2010 年

企鹅

1. 快。快。快。一切要快，除了做爱。前面三个字，写在我的橙色冲锋衣背后，写在我的橙色摩托车上，还写在我的橙色挎包与橙色棒球帽上。后面一句话，哈，是玩笑，当然不必写，那是常识与理想，大家都懂，都在努力。

我蛮中意这一身橙色行头，耀眼地冲在街头，像被扔出去的流星弹，根据从公司发来的一条接一条的短信指示，我左拐右拐瞄准目标，以最快的速度向前方燃烧，直烧到循规蹈矩的传达室，烧到树荫浓郁的旧式小区，以及两街相交的拐角……类似的任何一个地点。人们老远就躲开，或者迎上来。“快快快！”不需要名字与称谓，他们径直这样喊我，这也是我最喜欢听到的呐喊，恰似时代的浓缩与精华。

一声刺耳的几乎是恶意的急刹，我支下摩托，掏出单册，用橙色杆的水笔在橙色底纹的三联复写单上记下他们的地址，接下他们要送的物件——领带、游泳馆计次卡、等待签字的合约、一只吊儿郎当的学生书包、笔记本电脑、公司资质与意向投标书、户口簿、两瓶颜色难以描述的药、四张两寸正面免冠彩照、一叠装订得比书还精致的投职简介……诸如此类，我可以连续写上二百个绝不雷同的玩意儿。快快快，送到某处！交给某人！

十块，二十块，三十块。根据重量大小与距离及时限要求，我收钱。然后，突兀地踩下油门，留下一串嚣张的尾气，不可一世地扬长而去。

2. 我的很多同学都过分介意工作，愿意奉献出从肉体到灵魂的一切构成，以图在某个屋顶下步步为营地天天向上，并认为那关乎生活品质、人生计划之类虚无缥缈的东西，哈哈，我藐视这些老气横秋的想法！以一个毕业即失业的小屁儿大专生，也许，我本应虔诚地追随那噩梦般没完没了的招聘大会，如同迎接社会给我们的头一个耳光，打完了左边又抢着送上右边……最终得以钻进某些队伍——伪肩章的灰色制服（税务？地勤？安检？）；藏有领垢的白衬衫黑领带（保险理赔？基金助理？房产中介？）；条纹衬衫加红色背心或其他的花哨小丑服（酒店调酒师？电脑卖场理货员？VIP 会所楼层领班？）。算了吧，正是二十郎当的好日子，何苦来哉，A 角、B 角或 C 角，反正是跑龙套，都是一样的混世，还不如我这样凶猛些更自在！踩着摩托的风火轮，鲨鱼一样，在充溢二氧化碳的干涸大街上疯狂流窜，以这鲜亮刺目的橙色去愉悦或冒犯所有温饱知足的人！

当然，快递跑街，听上去，这是不大妥当的人生（可你说说看，什么才叫妥当？忽如一夜春风过，多少坟头添新土。人生，本身即是无常，妄说什么安稳！），收入也不太令人满意（可对金钱，真正感到满意的人大概也没几个吧，人之欲念啊，无边无际），好在我的用度有限，衣服反正一年四季都是橙色，通信费是公司出的，除去那该死的租房钱，主要的也就是应付各样的吃喝：婆婆皮肚面、春来牛肉锅贴、蒙卡尔羊杂碎汤、哈尔滨水饺、京口酸菜鱼，每样都香！

只有一点不大好意思——记得上政经学，别的差不多忘了，倒记得一个“恩格尔系数”，说某人或某家庭，总收入中用来购买食物所占的比重，越大便越穷：40% ~ 50% 为小康，50% ~ 60% 为温饱，超过 60% 即为贫困……哈哈，这么一算，我倒也真算是典型性的大穷人一个，可这又怎么样，细细想，哪个不是？从早到晚，不就忙个一日三食五脏六腑！众生皆然，彼此彼此吧！

哦，请等一等，我想我还是有精神消费的，逛淘宝算不算？到名人博客抢沙发算不算？最主要的，我还看电影呢，只要逢上我的休息时间（关于我奇妙无比的休息时间，下文再说），我便直冲影院，挑上一部过气的便宜片子，然后全心全意、美滋滋地陷进那软绵绵、低而后倾的座儿里，让无边的黑色包裹我小小的橙，如同太阳沉入无边无际的宇宙！休息天与电影院，多么经典的搭配，好比西红柿炒鸡蛋。我抱着最小筒混合奶油香与明矾剂的爆米花，一眼不眨地盯着颤动的银幕，笑得像个时髦的白痴！

瞧，这是我的生活，多么恰如其分！滑溜得像刚刚从鸡屁股掉下来的沾着鸡毛的蛋。

3. 但如果硬要从这鸡蛋里挑点儿什么骨头的话，倒真有一个——我的接线员。

说接线员，得从我们公司的说起。我们公司叫“鸡毛快捷达公司”，简称为鸡毛公司，当初取这名字，大约用的是“鸡毛信”的出处，老板准以为很别致很有趣儿。可是，接线员一张口：您好，鸡毛公司，听听！多经不得推敲！可怜啊，那些接线员，一张口就是鸡毛，几百遍几千遍的鸡毛，我真替她们感到难受，一天下来，准连牙缝里都是鸡屎味儿！

公司统共有四个接线员，每个人负责五个像我这样跑街的摩托车手，四五二十，切西瓜一样，把整个城市切成了红通通直滴水的二十大瓣，我们便在各自的西瓜瓣上，工蜂般一刻不停地跳着繁复的舞蹈，并在短暂的停留中采撷或投递物件，每隔两小时，我们回公司汇总各人的收揽活儿，再分配属于各人的投递活儿……

负责给我发指令的那个接线员，姓章，章小姐，所有的短信都是她发给我的，平均每天五十条左右，最高峰时会有八十条，想想吧，我可真像她的一条狗，她随便冲某个犄角旮旯努个嘴，我就嘚儿嘚儿地冲上去啦！可与此同时，我又有另一种奇妙的感受——她与我之间，其实，是一场高烧不退的热恋，我们必须时时刻刻保持秘密而紧张的地下联络：中西医结合医院住院部第三病区王二；芦席营82号大院四栋502室张三；新世纪大厦C座八区石人工作室李四……啊不不不，这只是表面化的遮人耳目的密码而已，像国际间谍们最爱使用的代码法，经过我的破译，她所发给我的实际上是：爱你。亲一口。心肝。想死你了。床上见。

我也经常支下橙色摩托车，站在嘈杂的街头给她打电话，询问某些不够详细或者虽然很详细但我仍然认为不够详细的地址，听听，她永远在线的那一头乖乖地等着我，那么好听的声音！那么温柔那么耐心地与我说上好大一会儿话，这多么感动人，我甚至在她挂了电话后还长久地舍不得合上手机……

可是，现实容纳不下任何美妙的遐想。

在公司第一次见到她，我绝望而恐慌，结结巴巴几乎透不过气来：你就是……

她的确是章小姐，但不是章子怡的章，也不是章含之的章，而是章无盐、章大嫂的章，最起码四十五岁了，不事打扮，饱经风霜，满脸纵横，浑身丘壑，一股勤勉的吃力相。

她从忙碌中抽空看了一眼表情僵硬的我：是啊，我就是……听听，那正是多少次在我耳畔响起的声音啊！

与她的第一个照面之后，我随即挪开了我的视线，并打算永远都不看她第二眼了。我诚心诚意地恨起她！某一瞬间，杀了她的心都有，为什么她的声音那么甜美？为什么是她每天发五十条短信给我？为什么我一打电话总是她接！为什么我是与她而不是任何别人保持着这种相依为命般的紧密联系？我敢说，你要是我，只会比我还恨！

4. 但我不能让这种恨影响了我的生活，生活是无辜的，我可不能给它摆臭脸，反之，我得对它笑，一直笑，笑到它不好意思为止。

然而就在刚才，当我这么使劲儿咧嘴笑时，对面的人吃不消了，她突然皱起眉头，摆着脸，很不客气地死盯着我。

这个她，是W公司门厅的接待小姐，模样好极了，好得就像章子怡与章含之的章，符合我的一切理想。但真可惜，她永远只穿那一身儿灰色西服，然后，站在那张小小的白台子后，接待来访者，对所有的陌生人献上微笑。任何一个时刻，狂暴的下雨天，刺眼的烈日天，饥饿的上午十点半，瞌睡的下午三点半，只要我去取快递，她就永远把那笑脸像面具一样套在头上，我敢确信，她的微笑一定已通过ISO9002国际标准认证：两唇间露出八颗牙，嘴角下延伸线的夹角为125度，下颌内收，与脖子夹角为75度……

可是，让我说句老实话吧，一个国际标准的假笑，简直连假币都不如！太让人沮丧了！现在可好，我终于见到她拿掉微笑面具的模样了！我直直地回瞪着她，笑得更开心了。

“总笑，笑个什么劲？”她一边整理手上的电话簿，一边低声责问我，仪态上还保持着某种优雅劲儿。

这问题问得好。

“你也总笑，你笑个什么劲？”像是空谷回音，我模仿并反问她，声音同样低低的，并把头侧向她，要是有人从远处看来，准以为我们在商定一个周五的约会。

她更恼了，紧紧抿起嘴唇，后悔跟我搭了话。恰在这时，来了一个客户模样的人。她丢下我，八粒牙，125度，75度：“请问先生找哪位？您有预约吗？麻烦您填写会客单。”

我眼睁睁瞧着，忽然感到一丝悲意，几乎打了一个冷战，我居高临下地替她心疼起来，这个所谓的工作，大概还是从千军万马中好不容易抢到的吧，可是看哪，她站在这里，如同提线木偶，连表情都不属于自己……同样是二十郎当的好日子啊，我这么自由自在上奔下跳，而她，像木桩一样站在这里，永葆恶心的假笑，大概一直要笑到老，老成我的那个章大嫂，那时连这假笑也没人愿意看了，只能用声音再去换一点微薄……

我吞下快到嘴边的口哨，轻手轻脚地撤了，连到大楼外发动摩托都尽可能地压低轰鸣。摩托车呜咽着汇入杂乱的车流，正是下班的高峰期，慌不择路的人群如同无序逃亡的溃军，令我更加感慨万分，突然涌上一个类似江湖行侠般的念头：这个，我得想个招儿，让那可怜的姑娘真正地笑上一个！哪怕就五秒钟！

嗳，你会笑话我吗？嘘，可别笑，你说不定也经常会这样呢，找一个与己无关的目标，发现其甚于自己的困境，从而得以获得某种超脱与解脱。试举一例：冬夜，没有空调的破出租公寓，半夜冻醒，可是，打开电视，正瞧到企鹅，瞧，那家伙更惨！连间草房都没有！注意力这么一转移，得，不冷了！况且，本人的生活现在如此顺溜，实在没什么好操心的，我的四肢，我的心肠，我的精力，都过剩着呢，简直要打瞌睡了，正巴不得有桩事情好让我耗一耗呢。

5. 生活就此更加抖擞起来，我决定每天在 W 公司的接待处多耗上一小段时间，所谓的一小段，其实最多也只能是五分钟。片刻光阴片刻金，对我们鸡毛公司来说，最基本的职业道德就是快快快，任何一个分秒的停留与浪费都是最可耻的贪污与渎职……但等一等，究竟什么是“浪费”？这可是个值得商量商量的词儿：长久地打量冬日里凋谢的枯枝杈儿，陪伴将死老狗的最后一口气，路口凝视漫长的红灯，站在水壶边等待凉水的沸腾……你能说得清楚，这里面哪样叫作浪费？哪样叫作节省？唉，生活啊，根本经不得推敲经不得追问，不如就使使小性儿由着自己吧。

看了看表，十五点三十二。我倚在她的接待台一侧，她不看我，只仇恨地套着假笑，对着前面的某处虚空。我一时想不出该说什么好，我是属于速度、属于路上、属于各种物件的，哪里会说什么词儿？唉，没办法，只好仍旧掏出我的橙色三联单，拿出笔，像要填写地址，可是真他妈的，该写些什么？

好在咱的恩格尔系数里也有文化的构成，毕竟不是头脑空空，一下想起最近在听的歌，周董的……

落款中署名悔你伤过谁/不忍看宣纸内晕开的泪/我在你的周围你没感觉/泼墨中的山水你画了谁/我摊开卷轴上人物描写/我从未拥有过你一整夜/他却有你手绘的体贴

方文山的歌词曲折忸怩让人似懂非懂，但这不重要，重要的是我正写着什么！很得体很有范儿不是吗。在歌词的顶端，我增加了一个抬头：致灰色蘑菇。是啊，我自作主张赋予了她一个绰号。看吧，她一整天固定在这个接待台后，半步动弹不得，可不就是棵蘑菇么。

再次看表，十五点三十七，快快快！我得走了。我的手机上已经重叠了好几个小信封，这是我亲爱的章姓接线员发来的甜言蜜语……快快快！

我猝然起身离去，之前的最后一个动作是把橙色三联单默默推到她的面前，动作里的滞重像是交付举世无双的身家性命。她从假笑中挣扎出来，用眼角冷冰冰地扫向我，但我已不能与她对视，灰色蘑菇小姐啊，只能用我后背上“快快快”三个字与你仓促吻别了——我私吞的五分钟，已经超时。

6. 晚饭的时间虽然不算充裕（二十分钟），可我还是喜欢坐在明亮的人多的地方，选择一个视野不错的角落，要上一份吃的，用十分钟解决，然后点上一根烟，往四周看。

我喜欢看人们吃饭的样子！他们边说边吃，说完了再吃，吃完了又说……一直盯着看，可以获得一种无与伦比的安详感。当然我不会看得太久，手机已经在振动了，晚班要从六点跑到夜里十点。这样的时刻，仍有不少家伙需要“快快快”。两张夜总会入场券、一盒麻将、一串钥匙、驾驶证，有次，甚至是一罐刚刚炖好的雪耳燕窝羹，那真他妈的是一份根本不抵饱的矫情夜宵。

打开章大嫂的情书。“明天早晨你休息，中午十一点后开始跑。”

这么说，明天可以歇会儿。对，正好阐述一下我别致的休息时间，总的来说，它可以命名为哲学意义上的偶然，通俗说来，则类似于赌盘上的数字，从无任何规律可循——你想想，二十个大西瓜瓣，了不起的科学划分啊，每天都要有人去跑的不是吗，否则鸡毛公司的信誉何在？而如果你去休息了，请人来顶替，别人哪会像你这样熟悉地形？而如果那人非常熟悉并可以顶替，又再要你回来做什么？但总而言之，你放心，只要有可能，我第一时间通知你休息。鸡毛老板非常诚恳地解释过这件事。

是啊，他说得没错儿，所以我得碰，碰上我的这一片西瓜瓣突然出现了几个小时的低量需求，老板便迅速通知章大嫂给我留言，如同一个墨西哥热吻般粗暴得让人猝不及防："从现在起到下午五点你休息。""从现在起到晚上十点你休息。"诸如此类的吧，说实话我不在乎，就是休息又怎么样，未必就强过在大街上奔跑。现在这样多带劲，非常的富有喜剧性和悬念感！好像我的前方被埋下了无数地雷般的小蛋糕，搞不好就一脚踩上去……哧！嘣！挺美！

捏着手机，我条件反射般地想到了明早的第一场电影，八点五十开始，是啊，亲爱的与国际接轨的电影院，就像我的亲娘老子一般，永远、永远对我敞开着，任何一个时段走进去，都有一间热烘烘的放映厅可供我直扑进去……在那许多成双成对、三五一伙的家伙中间，我多么与众不同！一个人，永远都是一个人！看什么从不重要，重要的是，我找了个舒服的黑暗地方！

明天的电影，我想一定会有床上戏，最起码会有吻戏，到时候，我会配合着剧中人，把手背贴近嘴唇，在黑暗中发出一阵又一阵响亮的吮吸——何以突然涌上如此的激情？啊，听我解释：就在刚才，一想到黑暗中的电影院，一个奇妙的启示涌上心头！为什么，为什么我不能把灰色蘑菇与章大嫂合二为一？每天，其实正是蘑菇她本人在给我发短信，与我通话，无比温柔地对待我。我们之间，有一条以章大嫂为媒介的无形之线紧密相连：她是放风筝的人，章大嫂是线，我则是终点的风筝，在肮脏的大街上幸福飘荡。

很棒，这想法很了不起！

我颇为不耐地合上手机，几乎心急火燎地盼望着明日清晨的快点到来，盼望着上午那两个半小时的休息早点结束，然后，跑街的时刻再次到来，我的手机重新被无数条短信烧得滚烫滚烫！一串又一串曲里拐弯的地址正代表着蘑菇姑娘长篇累牍的绵绵情意——哪怕我为此跑得满面灰尘，像战马那样咻咻累倒在十字路口。

7. 歌词的抄写持续了半个多月，不，或许是三个月——我只对分钟或小时这样的单位有敏感的概念（单程揽投最大时限：二十五分钟；鸡毛公司集中交货频次：每两小时一次；午晚餐时间：二十分钟；最长休息时段：三小时），而对一周以上的时间，我就根本无所谓了，再说这也是咱二十郎当岁该有的大方劲儿，计较个什么嘛，一年半载的算什么，我前面有的是年纪！就是给她永无止境地这样抄下去又有什么关系——就像是撅起屁股伏在摩托车上，使劲儿蹬油门，一直一直地往前开，直开到寰宇的最边边儿上，嗖地飞入黑洞……

“这空间温度被移动我情绪在汹涌/我节奏开始放松用舞步将爱拉拢/毛细孔起哄被纵容身体在争宠”

“照节拍/手放开/静下来/像一只天鹅把脚尖踮起来/讲究速食的这年代/也可以很天真地说爱”

“瓶中沙/写的话/问你是否还牵挂/四季在变化/秋冬又春夏/记得多年后的下午茶/我们约好要一起喝下”

这些狗屁不通的歌词除了押韵之外没有任何别的意义，可是，真神奇！它们以固定的旋律每天在我耳边私语，然后排着队，被我用不成样子的字体挤在橙色纸面，竟就此产生了一种洗脑般的特效，以至于每一次写上“致灰色蘑菇”这五个字的题头，我的情感都会发生一次强烈的自我催眠，好比平地万丈高楼，好比一夜春回大地！我确信有某些东西正在超音速生长。

……这个，该怎么解释？也许，是每天那五十条短信在作祟，每一次打开，我都会一阵心醉神迷，忍不住饱含深情地阅读并记忆：石婆婆巷22号金鑫公司售后部赵某某；光华门红旗街25幢104号钱某某；昆仑路百子亭后16号605室孙某某……接着，我忠心耿耿地以最邪乎的手段闯红灯、抄近路，在堵得如同便秘的车流中横冲直撞，在身后勾起一串串妒忌的咒骂。

但别误会，这其实跟爱情毫无关系。我本人最清楚这一切的起因，前面打过那个比方的，我只是把她当作我被冻醒后所见到的那只企鹅、比我还可怜的家伙……真的，仅此而已。我之所以纵容并放大一切的幻想，只是因为，这橙色的生活，毕竟有些干巴巴的，我在跟自己玩儿，得让自己玩儿……

8. 一个全新的五分钟，没等我铺开纸笔，她把一叠装订得整整齐齐、足有三分之一本《新华字典》那样厚的橙色三联单推到我面前，当然，没忘了戴上她的 ISO9002 微笑面具："请问先生您到底想要干什么？"

"呃。"我语塞，看着她毫无生机、笑得弯弯的瞳仁，一阵天赋道义感的压迫，又想到时间有限，嘴舌愈加肿胀不好使，索性往最粗笨里去。"我想……约你出去见个面。"

一分钟过去了，我在心里掐马表。她继续保持微笑，脸部的每一个线条都纹丝不动，像最热天气里的垂柳枝那样。这没有风的世界啊。

现在是两分钟了……两分钟的尽头，如同地狱的尽头，她终于有所行动，以一个外交性的手势再次移动那叠橙色歌词："请先生拿走您的东西。"可我能听出，她的口气并不是 ISO 的，她使了很大劲儿在控制她的嗓音……

手机在兜里一阵阵振动，时间啊，请停一停，或许这正是关键的转折点。可恨我的嘴舌为什么只会吃吃喝喝，大学时老师曾逼着我们朗读、演讲、竞选，并说将来找工作面试需要这一套，当时我多么顽冥不化啊！为什么想不到还有别的用处！

惶急之中，我无奈地再次俯向橙色三联单，把最昂贵的时间花在原始的一笔一画上。致灰蘑菇：任何一个晚上，十点半，新街口德基广场地铁出口。

得走了，可怕的五分钟像绞绳一样套在我的脖子上，越收越紧。我来不及也不愿意等待她对这一约会的答复。无所谓的，来与不来我都会等的！十点之后，鸡毛公司就进鸡窝了，下面的时间就归我，我从不争分夺秒，我只犯愁我大把的时间如何打发，一寸光阴一寸金对吗，那我便是视若粪土一掷千金。

快，快，快。我重新汇入车流，向着任何一个晚上的十点半笔直地开过去。多么好啊，从今天起，下班之后，我会像别人一样匆匆忙忙，赶往一个地方。等人，或被等——这很重要，这说明我与这个世界有了瓜葛。

9. 究竟我等了多少个晚上，一个月还是半年？嗨，早跟你说过，我记不清比较长的时间。所谓的“快快快”，太可笑了，那只是大家的说法而已，只是外面的说法而已，跟我本人的内心，狗屁关系没有。

10. 本人的内心到底跟什么有关？可能，只是一些声音、一些短信而已——

早上，打电话回鸡毛公司，突然发现电话那边是一个陌生的声音。“章大嫂呢？”“她病了。”干巴巴毫无感情的回答。

我的头脑“叮”的一声炸了，那么我的灰蘑菇呢，她如何与我保持最紧密的联系？她与章大嫂实际上是一个人对吧？章大嫂只是一个掩体，是一个虚构，是上帝对我的考验，事实最深处的核心其实是她本人！章大嫂消失了，那么她也就同样不存在了！可我的蘑菇啊她正是我与这个世界唯一的联系，是我的绳子！如果她断了，我将万劫不复地坠入黑洞，无人知晓地死去！

失魂落魄，牵肠挂肚。我没有力气再踩动摩托，我辨不清东南西北，我像醉了酒的人那样在大街上打转转，怎么也开不出一米地！不行，我得看到她！我得想尽一切办法抓住她！

我知道，这不是五分钟可以解决的问题，最起码需要半个小时的往返，半小时又怎样，就当是一个加长的豪华版的五分钟吧，谁规定五分钟就是分针走一小格，而不是时针走半小格？世上有这个法律吗？没有！那就让我来定义这个五分钟！

什么是风速啊，那也比我慢得多，什么是光年啊，那也没我与她的距离长。满裹着一身的尘与埃，我来到她的接待台，像从土堆里钻出来一般。

她好端端地坐在那里。

她抬头看我，像衣服只穿了一半，她的ISO微笑只套到嘴唇，还没来得及武装到眼睛，她违反国际标准地瞪视我：快快快？我们公司上午并没有快件……

你……什么地方不舒服吗？我喘咻咻地掏出一大把常用药：阿司匹林、黄连素、扶他林、沐舒坦、阿莫西林。这是我刚刚从药店以打劫般的武莽买来的。

她低下头，没说话，把穿了一半的笑接着穿完，后来想想，又脱了。她抬起一张光光的没有 ISO 的脸，好似从不认识我似的看着我。

瞧，她准是发烧了。头疼，想吐，浑身没力气，她没跟任何人说，可我就是知道，我在内心无比欣慰地笑了！

她终于开了口，语气别扭，像有人拿枪指着她："那个，晚上十点半……可以早一点吗？"

"我十点才下班。"

"那么周末？"

"我没有周末。"

"那么你哪天休息？"

"这个……我说不准。"

11. 如这些日子里的每个晚上一样，我把摩托车支在路边，在德基广场地铁出口处的台阶上坐下，正对着一坛华丽的彩色喷泉。这里是城市的中心，有数不清来历不明、去向不明的漂亮女孩，以及许多依然清瘦、已然发福或永久肥胖的男人。他们以各种搭配组合出现，出现在西餐厅的落地窗后，停车场入口，ATM24 小时自助服务区，亮着小灯泡缓缓上升的透明电梯……如此繁华餍足、鲜肥欲滴，让我看得心满意足，油然而生一股伟大的激情：这是我的世界，我是它的主人与占有者！瞧啊，是我！坐在这里，这样的悠闲快活！无忧无虑！

最重要的是，我知道：她今天就会来了。

等会儿，我将带着她欣赏这一切，指给她看那些男人与女人，用同情的语气推测他们的生活与经历，像城市的上帝那样指指点点评头论足，并教会她如何从中感知莫大的欢乐……甚至，我可以跟她谈谈我的“快快快”，那各种各样的快递物品，某种程度上，我总感到它们具有跟人类相匹配的气质：公事快递，坚硬，老，颇为狡猾，形式大过内容，只是用速度表示态度，或是压力的转移。私人快递，则明显的不谙世情，带有悲剧性，背后总存有急迫或一团糟的事件、神经质的寄件人、奋力一搏的绝望动作……

……可能，我不小心睡去了，并在做梦吧。重新睁开眼，发现天空斜斜地飘起了雨丝，四周的地面亮闪闪地倒映着五颜六色影影绰绰的人影，在离我最近的倒影里，有一小片瘦长的灰色。

我略感羞愧，幸好亲爱的橙色衣是防水的，还有很不错的橙色棒球帽，这样，我仍然可以蛮洒脱地一跃而起。

“走，带你看电影去。”我脱口而出，好像那真是我的地盘——我想把她带到只属于我的地方。

“不了，还是走走吧。”她看我的眼神有些奇怪，似乎她站得比我高、看得比我远。这让我感到模糊的不安。

“你原来学什么的？”她问，轻声轻气，但绝不是我想象中的羞涩。

“呃，专业吗？淡水养殖。”我有些不情愿地回答，我从不跟人提这个。不是羞耻，而是觉得毫无意义：这城里哪里有大片的淡水需要我去养殖。

她却若有所悟地点点头。“怪不得你现在……我学的是商贸英语，好歹挨到点儿边……”

“你接待时要讲英语？还是你的微笑是英式的？”不知哪里来了一股恶气，可能是她的那种语气惹恼了我。所谓的专业，算个什么东西，不过是在学校里所戴的一顶象征性的破帽子而已，一毕业就要扔掉的。专业与工作，工作与兴趣，兴趣与赚钱，赚钱与消费，消费与需要，需要与内心——永远都是“不对口”的。有什么好说的呢。

她没理会我的讽刺，多宽容似的，只侧过头盯着我的冲锋衣，转移话题：“你看你，都下班了还穿着这身！大老远的就能看到，还怕别人不知道你是干什么的呀……”

“瞧你这身灰！这才难看！你为什么不能换上一条漂漂亮亮的连衣裙！”天哪，我为什么跟她说这个？我本来想好的那些话呢？怎么全忘了！只是，我实在是想不通，她怎么会觉得橙色不好看呢。

“我……是故意这样穿的！意思你自己想去！反正，你不总是叫我灰色蘑菇吗。我看你啊，是……橙色气球！”看来，她并不欣赏那个绰号。

“你还笑面虎呢！那么可恶那么烂的假笑！”

“你是快快快！连名字都没有！”

“你是ISO9002！懂什么意思吗？要给你解释吗？”

“你是鸡毛！满天飞！轻飘飘！”

“你是‘先生您好’！你是‘请填写会客单’！”

“你是‘请提供联络电话’！你是‘请填写三联单’！”

……

我们慌不择辞地互相辱骂，用一切不贴切的比喻，去恶狠狠地诋毁、作践对方……但是，瞧，她什么时候笑起来了，哈哈大笑，露出了太多的牙龈，眼睛挤得成了一道缝，看上去都难看了、都粗鲁了！这么说，我实现我的计划了？我让她开心大笑了？

可为什么呀，我突然感到一阵疲惫，像是从很远很远的地方跑到了终点，却发现根本不是我想到的地方。

12.“得！不闹了。你知道，我为什么要来吗。”她突然停下脚步，站在路灯下的树荫里，笑像打火机的火苗那样突然熄灭了。而我，则停在盲道上，条纹变成点点，这是提示盲人的脚：前方要拐弯。

“因为我昨天给你送药了。可你猜猜我为什么知道你病了吗？”我神秘地压低嗓子，压抑住快要蹦出来的心跳，好！有转机了，我终于想起我要说什么了——接下来，我要给她讲讲被这划分成西瓜瓣的城市，讲讲我悬疑的后现代派的休息时间与我的电影院，当然，还有我骏马一般的橙色摩托，其风驰电掣的离去，惊若翩鸿的停留；不，最主要的，我要讲讲鸡毛公司的章大嫂，特别是她与章大嫂的内在联系，以及她们一起发给我的那么多条甜蜜的短信……太好了，这肯定会掀起新一轮的高潮，她会再次笑得喘不过气的！像个没心没肺的孩子！

“当然不是！你胡闹什么！我昨天根本没病……”她的视线越过我，往我身后看去，好像在谈论一件跟我们无关的事。她完全不可亲近了。

“但是，我为什么还是来了？”她停顿了一下，自己往下回答，“因为……因为我能想象你的每一天，永远在路上，奔啊，在灰尘与尾气里，你真的只是一只橙色气球！什么都没有，不知到底要飘到哪里……想想看，你过的是什么日子！连个休息天都说不准儿！你为什么还装得乐呵呵的？

“而我，你也看到的，干干净净地待在办公室，喝水，接接电话，填点表格。”她竭力说得平静，但仍可以听出一股真诚的满足，以及成功过滤掉的同情，“我知道，你一定是太渴望我这样的生活了，以至于你以为你喜欢的正是我这个人……所以，你使劲冲我笑，弄那么多歌词、那些药，还有每晚十点半在地铁口，可你想想，我们两个，怎么可能！这就像……”

她晃晃脑袋，可能想打个比方，但最终只是再次摇摇头，漂亮的小卷发富有弹性地摆动着，在空气中划出微型的弧线。

“不过昨天，我终于说服了自己。我想，就见一下吧，就好比你是我的一个大学同学，一个老乡，一个校友。我能想象，这个见面，对你是有意义的，会帮你度过这最为糟糕的一段儿，最终，你会另起一行，好好加油的对吧？”

她终于把目光回到我脸上，眼睛里浮现出明朗的光泽和救赎般的淡淡微笑，为自己终于说出了真实想法而一阵轻松：这是整个晚上她最为美妙的表情了——喃，这么说，整个儿颠倒过来了吗？我微微低下头，用力保持沉默，没有丝毫的愤怒与嘲讽，或是有劲儿的反驳与进一步的声明，怎么说呢，而是当真表现得像个感恩的、感动的、连间草房都没有的南极动物，正置身于广袤的寒冷——

噗！不偏不倚啊，她如此这般地刺向我，恐怕，我从此不再会飞得那么高那么快活了。别啦，前面那些没心没肺的日子，我的热心与无边无际的爱。也许，从明天起，我就该五体投地、虔诚地皈依这伟大的社会，远离这贫瘠而自由的大街，进入配有饮水机与复印机的灰色建筑，成为一个实用的面目混沌的男人。我将积极进取，我将与为人善，我将好好赚钱，我将好好老死。

“上车吧。”邀她坐上我的摩托车后座。轰！我一脚加到最大的马力，开得飞快，比鸡毛快捷达还要快，不管怎么说，要赶在明天早晨到来之前，最后一次让我的橙色疯狂地飘起来，越飘越长，长到覆盖掉整个大街，整个城市，整个宇宙——这景象，还怪美的呢。

2009 年 5 月

在地图上

1. 开始，他不知道自己喜欢地图，就像少年人起初不知道自己中意酒中意女人，总要等到第一次真正的遇见。地理课上，讲到气候与矿产分布，他依旧木然，以为只是一门功课而已。但当老师展开挂图，一种失血般的压力突然袭来，那毫无规则、无比繁复的线条，让他目光躲闪，浑身一阵阵发紧。

不久，地理课进入了铁路部分，并停在那里，整整讲了半个学期。老师往台上一站，“某某某”，喊一个同学，“说说共有几条铁路线经过襄樊市?”或者“把陇海铁路沿线站点背一遍。”他念的这个专业，叫邮政调度，将来要编排邮件运输线路的，地理算是主课，尤其对交通部分，每一条省际铁路线，都要求烂熟于心。有一次，老师把小测验的试卷贴在教室后一一讲评，考题之一是画出东北三省铁路图。他惊奇地发现，全班数他画得最好，整张弯曲交叉的铁路网路像是从纸上自动浮现，精确、优美。

老师表扬了他。他也在心里表扬了自己，这一表扬，就像盖了个钢印的图章，他认为，他与地图，从此是不可分了。

地图，也跟酒或女人一样，一旦进去，便是没有穷尽。一本红皮子的《中国地图册》，1966 年第 1 版、1983 年 9 月第 5 版，1986 年 7 月第 18 次印刷，印数 9292001—9892000，他默念这串数字，感到一阵模糊的认同与激动，有九百九十万的人都有这本书！他得空便看，换了好几回书皮，越看越觉得有趣极了，哪怕仅仅是那些小旮旯地名，也足以让他流连忘返：财神、可乐、启蒙（此三地在贵州），伶俐、小董、葡萄（在广西），勒马、张弓、射桥（这是在河南）；更有无数的同名之地，如永乐、盘石、响水、宝山之类。

像吮吸一枚巨大而不规则的硬糖，他耐心、仔细地舔，一个省一个省地顺序来，察看河流的走向，湖泊的形状，铁道的蜿蜒——其出神入化，似繁实简，永无雷同。当然也有色彩，行政图的色彩意义不大，有一个四色理论：不论多么复杂的地图，要使相邻两个区域的颜色不同，只需四种颜色就足够了，他开始不信，找了许多的图比画，最终满意地确认。地形图上，他则会对海拔 5000 米以上的紫色表示虔诚的敬意，对 6000 米以下的深蓝，想象葬身海底的窒息。

他与地图的亲密关系，一直延续到中专毕业。十八岁工作，他没做成调度员——那个，一个省也不需要几个。他成了跑线的，宁京线上做邮件押运员，装卸、看管、点数邮袋，在铁轨的哐哐哐声中，永远那么滑稽地摇摇晃晃。

这工作，正好与他所钟情的地图有一些关系，不是吗，顺着地图上的铁路线来来往往。这个，也有意思的。

2. 我碰上他的时候，他在线上跑了五年，精瘦，看相稍显老，但神采奕奕，有种特殊的光泽。大约邮政车厢里平常难得有外人，他很主动地跟我闲扯，讲到他与地图的缘起，用投入而诚恳的语调。看到一个人这样肯定自己的癖好，是件愉快的事。我认为他是个特别的人。

我把他的话记在本子上，算是采访。其时，我在一个不大景气的杂志社实习，杂志新开了一个栏目：“职业秀”，下一期选了火车押运员，要派记者出来跟他们——这是没有红包的苦差——派的便是我。从南京到北京，再从北京回南京，前后两夜一天。

他们押的是夜车，且每个停靠站点都要与地面交接邮件，故四个押运员分两组轮流睡觉。一共两张铺，“你睡！你睡！”他们对我客气，像让菜、让饭一样，特地让给我一张。“你们睡！你们睡！”我也客气。我没打算睡——车厢里满是邮袋，每到站装卸一次，虽有人拖地板擦桌子，可依然有种脏乎乎、不安定的感觉。

另外三个押运员，一个是班长，年长，寡言。一个面目混沌，但很勤快，不停拖地板擦桌子的就是他。再一个个子矮小，却能扛起比他本人还重的邮袋，总是毫无必要地忙着把袋子从这里挪到那里。四个人当中，他最喜欢说话，轮到他歇下，便一直跟我聊，聊地图。

“地图其实是看不完的，并且看了也蛮容易忘的。”他忧虑而幸福地说，怕我不懂似的，仔细解释，从省、市到县，到旅游景点，连一个小镇、一个农场，都有自己的地图。还有世界地图，每个洲的每个国家，每个国家的各个州、郡或地区。“反正我不怕，总归有得看的。不过，我比较喜欢中国地图，那些地名让人舒服。”他喜滋滋的，像是藏好了一辈子的粮食。

“万一看完了呢，你才二十多岁！”因为无所事事，我接着他的话。火车外黑乎乎的，除了远处偶尔的灯火，没有任何标记，谈天中，他经常警觉地停下来对我报地名：彭家湾、明港、焦庄、孟庙……这些小地方压根没站，也不停，可是他坚持：人家就在那儿！这方面，他好像的确是有些天赋，也可能是跑得太熟腻了——哪怕就是不往窗外看，他也能知道自己在线上的什么位置、在哪个地方附近。他指指脑袋：我这里，有张很大很清楚的地图。

“就是哪一天真看完了也不怕，”他犹豫了一下，接着小声地宣称，“因为我会自己设计地图。”

这算什么，我心中大不以为然，难道地图是房里的家具或晚上的菜谱，可以随便乱来吗。

他看出我的意思，但也不争辩。我们沉默了一会儿，但这紧凑的车厢实在太过无聊，我接着逗他：“真能画？地图怎么好乱画？”

他摇摇头，伸手取走我的采访本，翻到中间的连页处，咬了一两秒钟嘴唇，很快地画起来。

火车大声叹了一口气，新乡到了，我伸出头去看，地面一小堆邮袋，有两个接车员在守着，有点抖抖嗦嗦的样子，想来是冻的。班长和矮个子开始往下扔邮袋，扔完了下面的人再往上扔。四个人，像是小小的机器人儿一样，一声不吭地手脚配合。远处，有一些穿得鼓囊囊的旅客正往各个车厢口跑着挤着。不知为什么，在光照不足的站台，这远近两处、毫不相干的情景看得让人有些黯然神伤。他们上上下下地差不多刚弄完，车子叹一口气，又哐哐哐开起来。

重新坐到他身边，他大约刚刚画完，正盯着手中的图发愣。我拿过来一瞧，也同样愣住了：这图，画得太逼真了——“逼真”一词，也不甚准确，因为这图只是凭空捏造，并无模拟对象。

他所画的，应当是个偏僻小县的城区图，县府大院、托儿所、牙医诊所、电子管厂、自来水公司、人民公园、护城河、山岗、街巷、老城区与新区，以及新区外围的绕城公路，分布匀称合理，一应的设施与地貌皆煞有其事、详略得当。

我夸了几句，同时又想，就如同熟读唐诗三百首，他看了那么多的图，会这样“设计”，也很正常的。

他却有些走神，又把地图要过去细看了很久，才恋恋不舍地把本子还给我，十分认真地叮嘱我：“这张图，可别随便扔了。每次画好一张图，我就觉得，某个地方，正是这样存在的。这图不是我想象的，只是照那里的样子画出来而已。”

喜欢搞卫生的那个押运员正好在一旁抹窗户，听到个笑话似的直拍大腿：“这话说得！你天天都在画，瞧咱们床下那厚厚一大摞，难道真有那么些地方……”

3. 他们大声报着袋子的编号，把刚接上来的邮袋一一核对，码齐，又把下一站需要卸下的另外分堆，足足忙了有半个时辰。矮个儿突然嚷肚子饿了，另外几个也附和。班长于是在台子上铺开一些袋子，是刚才晚饭没吃完的熟食——为了招待我而特地买的。大家一起呱唧呱唧吃起来。

一吃饭，就都开始聊了。我假装问东问西，暗中引着他们说说工作。

“哼，每隔一天，跑一趟北京，把我老祖宗几辈子、子孙几代的配额都跑完了。等退休了，我哪儿都不去，永远不坐火车。”

“我现在就是着急：不会正经睡觉了。就是回去睡在自己家床上，半小时左右就会醒一下，醒了往外面看，总觉得像在火车上。”这是爱抹桌子的那个人。

“他妈的，那是你。反正我能睡，到北京被头一蒙是睡，回南京被头一蒙还是睡。睡醒了上车，下了车再睡。”

“平心静气想一想，我倒是更喜欢火车，下来了反而觉得到处不对劲，看谁都奇怪。还是回到火车上踏实。哐里哐啷地响，东倒西歪地走，好。”

大家一气吃了许多凉食，都想喝点热水，一摇暖瓶，空了。他自告奋勇站起来去打，同时看我一眼，是邀我同行的意思。

要穿过一节长长的、充斥热气和巨大噪声的机械车厢，好像随时会爆炸，让人十分心怵。“这是……心脏，所有的发动……能源……”像介绍他家的客厅似的，他大声说，但只能听得断断续续。

到了前面的客车厢，硬座区，最常见的拥挤与纷乱里，烘热的怪味扑面而来，面带倦色的人们横七竖八，几有满目疮痍之感。他熟门熟路找到开水间，并跟一个睡眼惺忪的列车员打了个冷淡的招呼。

我们一起凝视着开水往暖瓶里流。他突然严肃地对我补充：“刚才，他们说的那许多，其实一句话就可以概括：客里似家家似客。”

我有些惊讶，这是句古诗啊。

他不好意思地一笑：“哦，以前碰巧听到一个旅客说过。当时没懂，后来越想，越觉得对。”

“但我与他们不同，”他忽然有些骄傲，“有个道理他们不知道，人啊，本来，就是活在地图上，睡觉、吃饭，怎么样都是在地图上的，从一个点到另一个点，从这条线到那条线，如此而已，移来移去，蚂蚁一样。所有人都一样，没什么好说的。”

他说得蛮有哲理似的，让人感到十分难过，却也无从反驳，或许是我也联想到自己不甚如意的工作。

两瓶水很快满了。我们又穿过那充满可怕噪声与热气的“心脏”，回到邮政车厢。那位刚才说“不会正经睡觉”的家伙却歪在窄窄的铺上朦胧睡去了，大家都轻脚绕着他走。

火车吞吞吐吐地慢下来，大约是到邯郸了。他把衣服束到裤腰里，扭一扭手腕，准备与搭档一起干活儿了。

我倒了半杯刚打的开水，小心地咂了一口，却发现完全是温的。一阵突如其来的消沉包围了我，我也开始乏了，勉强睁着眼睛往外瞧，吃惊地发现自己看到了一群极为纤弱的蚂蚁，正在闪闪发亮的铁轨上一只接一只地爬、无穷无尽地爬。

4. 一到北京，他们都钻到供押运员休息的公寓里去了。我去了故宫，到下午回到公寓，已是双脚酸痛，车子要晚上九点多才开，我不常到北京，不玩似有点可惜，况且坐着也是干等，于是请他陪我到离公寓最近的月坛公园去。

看了几处不太像样的景点，天色渐渐晚了，我们便找了一个花坛坐下。

“来过吗？”我问他，突然发觉他一直都没怎么说话。

“没有，不喜欢玩。一下了火车，就感到筋疲力尽，好像那1160公里长的线是我自己一步步走过来似的。”他果然没有在车上有劲头了，像被抽了筋骨，整个人都是蔫的。“总之我最怕下车。你可能不信，我都觉得走在地面上很不舒服。”

他习惯性地用一只手指头在花坛的土里乱画，纵横交错，形成沟壑与河流。画了一会儿，又烦躁地用拳头全部抹去。我找了几个话题，他均简单敷衍，谈话难以为继。他跟在车上判若两人。

当地的居民们在四周三三两两地走动，有一搭没一搭地说些家常话，句句听得懂，但句句如隔云雾，有种离奇的失真感，在公园待得越久，越是觉得身首异处。真不如早点上车呢——我现在也跟他们一样了，下了火车，反不适应这按部就班、平常过活的人间。

重新上了车，大家好似分别良久后重新团聚的亲人，有种羞涩的亲密感，互相招呼着放置生活用品。

我虽也感到安稳，但来时的新鲜感已经没了，加上累，更感坐卧不宁——车厢太小、太挤、太脏。我小口喝水。我穿过“心脏”去上厕所。我打盹，我醒来。我洗脸，我看窗外。我盯着表，瞪视每一分钟，直到两只眼睛发胀……难以克制地，我对这节车厢产生了强烈的厌恶，这走走停停、与世隔绝的空间，简直令人发狂。

他们几个却十分自在，尤其是他，重新精神焕发了。不知从哪里掏出一张地图，找了个软和的邮袋，半倚半坐着，聚精会神地看。我强打精神凑过去，是菏泽市区地图，折痕处有些发毛。

“我每半个月研究一张市区图。半年可看十二张，下半年再复习一遍。等把全国的市看完了，就开始看县城，我正在托其他线上的人帮我买。”他语气里带着计划性的周详与安宁，一小时前在月坛公园的烦躁荡然无存了。我忽然间对他非常失望：他哪里有什么异禀，只是穷极无聊而已，借了那广阔无垠的地图，打发这狭窄绝望的空间而已。包括其他几个，都在想方设法让自己“悬空”，以某种方式离开这个车厢，我用几乎是不怀好意的目光打量——

班长在整理路单：那种记录邮袋上下的清单，像理钞票一样弄得十分齐整，连一点皱痕都要抹平。小个子在翻动邮袋，北京上来的很多，光是报纸，就有五十多袋，他干得直冒热汗、劲头十足，还嚷着嫌报纸太轻。另一个则仍在卖力地四处抹桌子抹窗户，全然不顾身边小个子正搅起的团团灰尘。

他们各自忙碌，像在行动又如静止，简直超然物外，好像这节拥挤混乱的车厢便是全世界的中心。时间轰然停止，距离永无远近，四季或冷热皆与此地无关，生老病死、爱恨情仇皆被排除在外。这多么……

我浑身一阵燥热，感到一种精神上的苦涩与剧痛，我突然感到，我与他们之间，隔着什么，那是十分要紧的关键，是与世界妥协相处的秘密，但我永远无法抵达——他们为什么那样安详？

我猛然扔下我的采访本，向他们愤怒地大喊，同时试图打开车窗，以呼吸一点冰冷的空气。也可能我什么都没做，只静静地坐在那里，挣扎在这光照不足的梦魇里，像夜空下在大海的波涛里浮沉。

5. 有人递给我一杯水，同时躲开目光。不知道刚才发生了什么，只见他们几个聚拢在周围，似在小心地照料我。

班长问起我的工作，以及老家在哪里，等等。我如从梦里惊醒，在疲倦的懵然中勉强介绍起杂志社这个叫作“职业秀”的栏目。

他们好像很感兴趣似的，纷纷接话，向我介绍一些离奇的行当。

“我认识个人，专门在护城河和下水道里捉蚂蟥，你们想不到吧，那玩意儿可以卖出不错的价钱。

“我有个邻居，每天骑个电动车，替超市配棒棒糖，就是收银台那个地方的棒棒糖，五毛钱一根。他驮了很多的糖，每天骑啊骑啊，我觉得很好玩。

“南京盐水鸭爱吃的吧，嘿嘿，所以有个专门杀鸭子的差事，想想看，一上班，就开始杀，杀到下班。可怜，这个人肯定从来不吃鸭子。”

他老久没吭声，却另外起了个头，两只眼睛突地一闪：“要是可以另外选，你们想做什么？”

“这怎么好选？只有职业选我们，哪有我们选它。”班长真是老了，都没有假想的兴致。

小个子倒是当真，眨了一会儿眼睛，兴奋了：“举重！举重运动员。搬了这些年的袋子，我觉得我有这个特长。”

不会睡觉、总擦桌子的那个，打了个大哈欠，眼眶里一圈泪水：“睡觉！有没有工作是专门睡觉的？我就做那个！”

“你要是女的，就有！”

哈哈哈，大家有些抱歉地看我一眼，快活地大笑。

他没笑，极不满意这些胡闹：“你们真是的！我呢，想了很久了，就想要这样的工作：坐在一个特别安静特别大的地方，一动不动。不过，这到底是什么工作呢，我一直没想到，你们也帮我想想。”

“一动不动，挺难的啊……”大家都翻着眼睛。

小个子“咔咔”扭着手腕，有些不解：“一动不动……那你坐在那里干什么呢？”

“看地图啊！画地图啊！那还用说！”班长替他回答，“他能有别的？”

大家又哄笑起来，并无答案，各自散去——因为火车开始叹气了，下一站到了。可以看见站台上黑乎乎等车的人了。

6. 大约又过了五六年，我再次碰到他。

这期间，我在一家厨具销售公司干过，挨家敲门，但少有开门；做过小公司的文案，专门写糊弄人的漂亮话；谈过两个对象，然后分手；有亲人过世，但没有哭；暴雨天等公交车时浑身湿尽，感到生活的顺流而下。

——对一切的小失意或是大失意，我都会模模糊糊想起多年前的火车上，有个喜欢地图的家伙，他说过的那句话——“人啊，怎么样都是在地图上的，从一个点到另一个点，从这条线到那条线，如此而已……”真没错，他说得很简单，很好，一下子触及生活的悲剧性，让我心平气和，甚至有些感谢他。

突然的见面，是一个商场的打折区，最好不要碰到熟人的地方。

他先认出的我。“胖了一些吧，差点看不出。”他倒还是那么瘦，但似乎哪里不一样。

“怎么样？还跑北京线？”其实我最想问的是地图，说真的，我有点好奇，他现在该看到县城地图了吧，一个县接一个县地看，在那摇摇晃晃、通宵不眠的车厢里？

“早下线了。”他拈出一根烟，把我拉到商场逃生通道。“火车禁烟。下来我就抽上了，才发现烟是个好东西。对了，我们那个班，后来出了一点小事。”他大口吞烟，这使他看上去显得很平庸。

“怎么？”

“李伟丰，我们一起的，有一天掉下去，脊梁骨摔坏了。”

“掉下去？”我不明白。

“喏，就是像你那回一样，突然打开窗户……”他不说了，掩饰地只继续吞烟。其实不一样啊，我那次毕竟并没有“掉下去”，但我多少有点羞惭。

不过，李伟丰是哪一个？我不清楚他们几个的名字，包括他。掉下去的，是矮个儿的还是总抹桌子的？抑或是那个工龄最长的班长？到底是哪一个，在其安详的假面之下，有着与我同样的焦躁——没完没了的铁路线上，灯光遥远的夜晚，像蚂蚁一样，从地图的边缘爬出来，企图摆脱这个世界。

“幸好……”我含含糊糊地说。

“对了，我曾经在你采访本上画过一幅县城地图，记得的？”他有些不好意思，但仍然把话说完，“后来，你一定是扔了吧？”

“没有没有，好好保存着呢。你不是让我千万不要扔的！”我差不多快忘了那张图，鬼知道在哪儿呢，他反正不可能跟我回家看吧。“怎么，你后来真在县城地图里看到一模一样的了？”

“哪里，我下来后就把所有的地图册都送人了，我自己画的那些假地图，统统扔了。今天碰到你，倒是巧，要知道，我一直惦记着，还有张地图在你那里，你今天一回去，也替我扔了吧，这样我就安心了。”

我感到一阵找不到疤的疼，以及凌空失足的空虚与崩坏。

今天为什么要逛这个打折区呢。

想再问点什么，他却匆忙地掐了烟：“有事，先走了。记住啊，回去替我扔掉。”

2008 年

种戒指

秋季，棉花收获，玉米收获，花生收获。而我们麦子、特立独行的麦子，还只是一粒粒野心勃勃的种子。老女人高高举起手播撒，从她光秃秃的指间，我们坠落进懒洋洋的大地。

播撒的老女人步调踉跄，因为她有一双小脚，她曾经以此为资本，骄傲地嫁进了家境殷实的男方。可是，正因为有家有产有吃有穿，现在她成了一个典型性的大富农，人人喊打。所有的贫下中农，人家都可以在墙上贴忠字、刷红色标语，但她家的门楣与窗棂，屈辱地空空荡荡。不仅如此，就在昨天，两袋烟工夫，她家所有的绸缎衣裳、珠花簪子、绞银手镯、镂金耳环、洋大头，全都被抄走啦，哈哈，听说那是她从结婚后就开始攒的，打算留给孙子孙女们的……瞧，这老女人多会打如意算盘，多会过日子似的，可算来算去，全没啦。

我听到老女人突然瘫下来，烂面条似的，她滚到地上，捂着嘴巴翻着身子叫唤：我的簪子、我的手镯、我的耳环、我的洋大头哪……

她的眼泪鼻涕和成一团流畅地淌下来，一直淌到泥土里，淌到我们身上。哭吧滚吧，哦呀，多么舒服，一撮黑土，一把眼泪，秋风软软，这正是我们萌芽期最中意的养分。

——十月下地，三月抽穗，五月收割，六月燃秸。麦子的一生，连头带尾，九个多月，跟人类在子宫里黑乎乎的时光差不多，大地上仅有的时光，从绿油油到金灿灿，轻浮地随风摇摆，沉甸甸地相互亲吻。这一茬麦子的所见所闻，有着你意想不到的荒唐与精彩。

当第一阵冬风从我们头顶的电线杆边打着呼哨穿过，我们冒出的绿芽儿就从星星之火进入燎原之势了。

我知道，老女人有一床绿色缎子的被面，被抄掉了，可是现在，看看我们，真要比她的被面子漂亮多了！从浅绿到深绿，从毛茸茸到肉嘟嘟，我们这样的绿，是肥厚而结实的绿，替整个大地都盖上一层绿缎面被子啦！多么浪漫主义！

可老女人不满意，还是整天哭哭啼啼的，为她失去的宝贝们哭泣，每走到一个房间，想到这房里曾经有过什么，而现在，又失去什么，她便开始抽咽，还像打摆子似的浑身发颤，这真令人烦躁，连她男人都受不了啦。他从前不曾打过女人，可当他发现家中竟然连一床像样的棉被都找不到时，第一阵冬风里，他对老女人举起了巴掌，像贫农那样，粗暴地打起了女人。

“死女人，我叫你号丧！我叫你号丧！”打了一会儿，老男人举到半空的胳膊突然停住，接着拐了个弯，接二连三地给自己扇起了巴掌，“打死你这狗日的富农！作孽的东西！狗日的富农！”

这家的年轻女人，也就是小媳妇啦，可能不喜欢听到扇巴掌的动静，她悄悄捂着嘴巴跑出来，跑到田边，跑到我们身边，这才迫不及待张开她的樱桃小嘴，“哇”地一大口，吐出一团尚未消化的饭食，哇，哇，她接着又吐了两小口。

这样的情况并不令人吃惊，接连一个星期，几乎每顿饭之后，她都要跑到我们这里，朝我们的头面上吐出她刚刚吃过的饭菜。白白黄黄，拖着长长的黏液，我觉得有些恶心，兄弟们倒也习以为常，他们说：这就跟猫屎、鸟粪差不多，挺滋润的。

听到媳妇的吊呕声，老女人突然一抬手，挡住老男人仍在空中挥动的巴掌：“等一下再打，让我听听她的呕吐声。你知道吗，我一听就知道，是肚子坏了，还是肚子有了。我还能听出来，是男的，还是女的。”

老女人神秘地竖起耳朵，瞧瞧，真是封建流毒！还这么重男轻女。

“去，儿子，去看看。”

这家的年轻男人一向有些愚笨，在老女人的催促下，他慢吞吞地追出来，没轻没重地拍着小媳妇的背：你，是有了吧。

都是你干的好事。小媳妇脸红起来，把男人的手拉近她的腹部，这真是非常俗套的画面。

但是，等一等。有了？有了！

像听到严厉的口令，所有的麦子一齐掉转头去，盯着她依然平坦的肚皮。这么说，当我们成熟、当我们变成面粉、当我们做成饺子皮，他们就会新添上一小口人丁啦。

哦，新鲜童子尿、奶香大便，有兄弟遗憾而羡慕地叹口气：我们下一茬麦子可真赶上好时候了！

不必怨天尤人，我们这一茬的运气也不算太赖。最起码，晚上很热闹！

你知道，那些连绵不断、纵横交叉的电线杆，像富有气势的巨形蜘蛛网。每到深更半夜，这蜘蛛网便会突然抖动起来，电流声嘶嘶响起，接着，是喇叭里一个亢奋而疲惫的声调：各位社员请注意，立即集合，立即到大社场集合，传达毛主席最高指示！传达最高指示！

电线杆的颤抖开始传染给大地，我们能听得一清二楚，在突然的一激灵之后，各家各户床铺下面的麦秸秆们开始相互摩擦，发出睡意犹存的窸窣之声，这些麦秸秆，通常就是我们前一茬或前两茬的兄弟。人们喜欢用麦秸秆铺床，漫漫长夜，瘦骨嶙峋的身体紧紧贴着我们试图取暖。

在大喇叭的一声紧过一声的催促声中，他们开始起床，摸索着把腿伸向冰凉的裤子，用手抓一抓头发，忙不迭地就冲到屋外，生怕落在旁人后面，人们在黑暗中奔跑，惊骇的指头偶尔相触。

多么美妙的夜晚，为了抄近路，无数双脚踏入麦田，从我们身上践踏过去——别替我心疼，你们难道不知道，贴着地面的麦子是最不怕踩的，越踩我们越会长得快、长得绿、长得肥。啊，太舒坦啦，那些泥巴鞋，高一脚低一脚，纷乱地，仓促地，像小鼓点一样敲打，像拳头一样按摩，踩一下，我们就挺一下，一边快活地呻吟，真是无与伦比的享受！

最高指示？那是什么，我们不管，但真的，请来得再多一些吧，最好每天，都让他们在黑暗中慌乱地一路小跑，在我们的身上富有节奏地踩踏……

社场上，人群慢慢地聚拢在一起，煤气灯照得大家的脸色分外白净。最高指示还没到，人们就像我们麦子一样，沉默地站得整整齐齐，先朝主席像深深地鞠躬，接着齐声背诵此前接到的各条语录，一边暗中整理扣错的纽扣或穿反的鞋子……有人自作聪明地在年轻男人耳边解释：最高指示，正在从北京出发，一级一级，一级一级，走楼梯一样，正往下面走……

年轻男人无心关心那从北京楼梯一直走下来的“最高指示”，他把手悄悄地放到小媳妇已经微凸的肚皮上，试图传递某种安慰与鼓励，哦，真可笑，他以为他的手是无所不能的电线杆吗？没有用的，年轻女人正在大口喘气，两眼绝望地上翻，徒劳地想要抑制突然涌上的呕吐感。

当喇叭里突然宣布最高指示已到，她终于一张嘴巴，吐出晚饭所吃的红薯稀饭，薄而透明的汁液在煤气灯下变得五颜六色，穿过所有社员的头顶，一直抵达黑洞洞的大喇叭，形成一个极其优美的弧线。

彩虹。

我对旁边的麦子耳语，它立刻心领神会，把关于这一奇景的定义交头接耳地传达下去。太美了，我们这一茬真赶上了个好时光。

有一天夜里，最高指示传达完毕，人们乌鸦般慢慢散开，有人打出半个哈欠，又小心地用手接住，要把剩下的半个带回被窝。漆黑的夜，走动的人群没有影子，像是一把图钉，一枚一枚地向前移动，每到一处黑黝黝的房屋，就有几个人停下，悄无声息地进去。

而老女人，跟着家里人进了屋之后没多久，等到四周鼾声响起，她又重新拉开门出来了！这真奇怪，我们几乎全被惊醒：她想干什么？

老女人走路的样子非常奇怪，好像屁眼里插了根棍子。她一扭一扭地向我们走来，走到我们中间。十二月的麦田，板寸头一样，庄严肃穆，暗中妖娆。

她一路走一路扭着头东张西望，没关系，没有人，全都跟死猪一样睡着呢，除了我们麦子，没有人看见你，你只要告诉我们：你想干什么？

老女人不说，她零丁的小脚从田埂边开始丈量：一步、两步……八步。

换一个方向，这下我们懂了，所有的麦子都张开小嘴，优美地齐声合唱：一步、两步……八步。

这样，从东往西八步，从南往北八步，两个八步的交界处，黑咕隆咚当中，老女人从怀里摸出一把小铁铲，开始挖洞，她的手抖抖索索，几个兄弟由此遭殃，被挖得身首异处。

挖洞做什么？麦子们疑惑地交头接耳，难道，今天晚上所传达的最高指示——深挖洞、广积粮——给了她什么特别的灵感？

嘘，别急，往下看嘛，我真不喜欢兄弟们这种沉不住气的模样，好像什么世面都没见过似的。

瞧瞧，好戏才刚刚开始：挖完洞，那老女人开始解裤子。

看上去，她要小解了？这太不符合逻辑了，她床头，不就有个红漆的陪嫁马桶吗？算了，不管那么多，这不是可以白看一下女人屁股嘛！众小麦们一个个美美地张开嘴巴，准备迎接热乎乎的甘霖，像是漫长冬夜当中的一小份夜宵。

但是，不，情况有变化——屁股是看到了，却没有夜宵。老女人的大腿紧张地绷着，接着，从私处，她掏出一个折叠得整整齐齐的小手绢。

哦！我知道了！天哪，世界上所有的麦子，没有哪株会有我聪明！

我知道了，她准是想在地里种下点什么！就跟当初高扬着手撒麦种一样，她是来种什么东西了！那小手绢里包着的一定是什么稀罕种子。

果然，在把小手绢包袱放进洞中的最后一瞬，老女人停住了，她犹犹豫豫地打开手绢，打开一层，还有一层。

我趁机迅速地瞥了一眼，在两层手绢中间：妈呀，是两枚金戒指，黄灿灿的！把整个黑洞洞的麦田都要照亮了似的。瞧瞧吧，这个富农老女人，还真狡猾呀，家里都抄成那样了，竟然还给她藏下两枚金戒指！

老女人嘴中念念有词：土地老爷，这是我家最后的东西了，是我们的结婚戒指，家里怕放不住，你替我先收着，等过了这阵，我再来讨还……土地老爷呀，我没别的指望，一是留住这两枚戒指，另一个呢……是让我抱个孙子！

这是什么话！这个时候，还在念叨孙子，太可笑了。再说，她怎么单单就把戒指托付给土地爷呢，把我们麦子当什么了？白吃白喝吗？明明埋在我们身子下面，将来要靠我们关照的，却招呼都不跟我们打一个，反去跟那八竿子打不着的土地爷作揖，这算怎么回事？

我们激动得窃窃私语继而大吵大闹，欲表忠心，要替她做守卫，但她毫不理会，只低头默默地把手绢放进洞里去，然后又忙活着把土重新填平，并找到那几株早夭兄弟的残骸，把地面粉饰一番，最终才摸着黑走了。

现在，她走路很轻松，不扭屁股了，当然，我们也不再目送她了。说实话，她真让我们生气。

哼，种戒指，还要抱孙子，她想得可真美。

小媳妇的肚子慢慢大起来，她的呕吐症状自动消失，反之，她变成了一个胃口太好的女人。每天下午，晚饭还遥遥无期着呢，凛冽的寒风中，她会跑到田里转来转去，像逛商店那样，眼睛四处滴溜溜地打量，但这个时候，能打量到什么呢？她看看我们绿绿的秆子，眼光失望，甚至暗含怨恨，这真让我们百思不解，我们哪里得罪她了？

当她的眼光流转到田埂边上，那说不上漂亮的眼里突然又充满了真挚的感情，几乎是情意绵绵了，她艰难地蹲下去，两只脚难看地往外叉开，大肚皮快要坠到地上，她不管不顾，用手飞快地往深处拨弄，指甲里很快塞满泥土，裤管上全是泥灰，但最终，她手里多了一块瘦瘦的白萝卜！或者，被铲去半块的红薯！

这就算是伟大的收获吗？瞧瞧她那轻浮劲儿！小媳妇像是胜利者一样扫了我们一眼，一路咯吱咯吱地啃着就回去了。

哎呀，就算是孕妇又怎么样呢，她真缺乏常识，真目光短浅，等着吧，等到那天，她会明白的，比之那些粗俗的红薯与萝卜，我们才是真正的好东西！

冬去春来。我们现在开始蹿个子了，挤挤挨挨，比肩接踵，有些发育早的家伙甚至暗中抽起了青涩的穗子，软绵绵的穗芒像是婴儿的胎毛，弯曲着一点点舒展。

而这时，玉米呀、油菜呀、芝麻呀、蚕豆呀，万生万物都在四周直喘粗气，眉来眼去地日生夜长。每年的春天都这样，整个大地都春情勃发，拼命勾引着男女老少，扑到它的怀抱去吮吸浓稠的乳汁。

但这几年情形有点不同，人们似乎不像从前那样钟情于大地了，他们总在成群结队地忙着别的，拿着小红本背诵，往身上别金灿灿的像章，在胳膊上缠红色的布条，对着一张画像反反复复地早请示晚汇报。一到晚上，还聚集到社场的大谷仓里开大会开小会。其中的一些倒霉蛋，比如，老男人老女人，作为村子里最标准的富农，总会被拖出来万夫所指、千人唾面，他们被牛车拉着，头像夜晚的向日葵那样垂到地上，后面跟着一大群人，敲盆击罐，蔚为壮观。

老女人的日子很不好过，她的家与院子，都被抄家的人掘地三尺，翻得都可以撒种子长粮食了，戒指呢？你的金戒指呢？人们指着她大声质问。

她的头被压到裤裆里，但我们可以瞧见，她那满脸的鼻涕眼泪里，竟然还有一丝小小的得意呢。是啊，她一定是想着她种在我们麦地里的那两枚金戒指，嗨，她准以为自己聪明极了！

天气终于焐燥起来，这是我们一生中最好的日子。

雨水一阵一阵，我们巧夺豪取，争抢着吮吸水分与肥料。

烈日一阵一阵，我们随之转绿变黄，芒刺在一夜之间变得坚硬刺人。

热风一阵一阵，我们翻滚着此起彼伏，像满腹心事的人，千言万语无法开口。

收割季节几乎是掐着指头就要来了，“麦子争青打满仓，谷子争青少打粮”，有急性的人开始磨起镰刀，月光下，镰刀反射出寒凉的光。这光，一下刺到老女人的眼了，半夜里，她两条腿都抽起筋来，弯缩得像烧熟的虾子。

挑了一个月色模糊的夜晚，老女人开始绕着我们转圈子，像杂耍演员走场子似的，转了不知多少圈，把我们的眼睛都看花了。转什么呢？哦，明白了，现在的我们，长高、长大了呀，她的小脚没法踏进麦田，什么从东往西八步、从南往北八步，哈哈，她没法数了，她找不到地方了！我们咕咕咕笑得前俯后仰，这下可有热闹看了。那可爱的小花手绢儿呀！

老女人脸色白了又红，红了又白，脸上的肉一跳一跳，但她比我们想的要聪明一些。她的两只金莲忽然有了主意，健步如飞地奔到附近的河滩上，一下子拖来两根长长的竹子，平放在地上，分别在上面走了八步，做上记号，然后，力大无穷地把这两根竹子往我们头上交叉着一搭，大汗淋漓的老女人眯眼盯着两根竹子的会合处，抿着嘴笑起来：是了！

像一个初学游泳的人走在水中，她奋力把我们往两边拨开，我们头顶的芒刺一定弄得她又酥又痒，还粘了她一身的麦花儿，但她奋不顾身，坚定地一直走到两根竹子的交界处。然后，像母鸡那样庄重地蹲下来。

老女人开始向下挖去。这是收割季节的大地，泥土干燥而坚硬，我们的根部紧紧纠缠——算了，一丝恻隐之心闪过心头，我跟兄弟们使使眼色，我们松开脚下的根，让她的双手得以顺利进入泥土，摸索那条美丽的花手绢儿。

像在水中取鱼，井中捞月。往东摸，往西摸；往南摸，往北摸。几乎把我们的根下都摸了个遍，她的手与胳膊，忽然像橡皮筋那样，拉得无限长了，我敢拿我的脑袋、也就是我的麦穗，跟你打赌，她已经摸到田埂的四边了，并且已摸到隔壁的田块，包括隔壁的隔壁，她无限拉长的胳膊已经摸遍这一整块麦田了。

但是，没有。她根本就摸不到那条美丽的花手绢儿了。

哦，我的土地爷呀，我的天老爷，我的阎王爷呀，快告诉我，我的戒指到哪儿去了……老女人口中胡乱念叨着，一迭声地追问，头几乎要埋进地里去了。

瞧，她又把我们给忽视了，土地爷、天老爷、阎王爷都有份儿，她为什么就不能问问我们呢？她怎么就不动动脑筋呢？种下去的东西，怎么可能还在原地摸得到呢，它早生根发芽、破土而出、开花结果了呀，这个蠢女人！

咯咯咯，所有的麦子都笑得花枝乱颤，肚子发疼，但我们就不告诉她，谁叫她不问我们呢。老女人继续埋伏在麦田深处，像青蛙准备冬眠，她死命地贴近泥土，鼻子眼睛嘴唇上全都沾满泥灰，那笨拙的模样，真把我们逗得可乐极了。

月光在我们的头顶慢慢移动，偶尔有云朵轻佻地飘过，这样的月色之下，美美睡上一觉会特别地养精神，谁都明白这个诀窍，尤其是快到收割期，这时的麦子，就像出嫁前一个月的娇娃娘，决不能熬夜，否则，哪里来的精神气儿，哪里来的颗粒饱满……行了，睡吧，不能老这样盯着老女人吧，由她去挖吧，就算她真的变成青蛙也没关系，反正等天一亮，她就会回家去的，她会跟别人一样，把镰刀磨得亮亮的，搽上一层油，等着最高潮的收割期。

真没想到呀，等我们重新睁开眼，一边伸懒腰一边睁开眼，那老女人还趴在我们中间呢。

难不成在麦地里睡了一夜？我揉揉眼睛仔细一看。嗬！可真有趣儿，这老女人，浑身到处都挂着金戒指呢！她用我们的身体——麦秸秆，黄得恰到好处的麦秸秆，卷成了一个又一个金灿灿的戒指！想不到，老女人那个干瘪模样，居然还是心灵手巧的呢，瞧那些麦秸秆戒指，还真是像模像样呀。

哦呀，我们一下都激动极了、自豪极了，世界上，谁知道我们麦秸秆还会有这样奇妙的用场吗！真是太棒了，谢谢你，老女人，你虽然又老又丑，成分是富农，还这样愚蠢疯癫，可是，我们麦子是最讲良心的，好就是好，孬就是孬，这回子，我们谢谢你！

我们群情振奋，热泪盈眶，几乎是赏识地看着她。

老女人这个早晨看上去真不错，完全像一个成语：穿金戴银。她把戒指戴在大拇指上，戴在中指上，套在每一个脚趾上，还挂在胸襟的一排锁扣眼上，总之，我们看不到她了，我们满眼看到的都是耀眼的金戒指！

老女人也跟我们一样欣喜若狂，满身的戒指呀，她看了这个又看那个，爱不释手，心满意足：找到了，我找到了。

清晨的阳光有着蛋黄般的柔和色调，温情脉脉地照着老女人。

可能正是在那些麦秸秆戒指的挑逗下，我们一下子完全成熟了，硬硬的芒尖有的都开始脱落，而高天上，却极不配合地开始布满乌云，远处传来雷声隆隆，这可不得了，“麦收有三怕：雹砸、雨淋、大风刮”，人们一下子紧张起来，把红宝书与红袖章暂且放到一边，所有的镰刀在当天就开始出生入死，咔咔咔地把我们齐脖子斩断。

——不，我们一点不疼，我们乐意着呢，我们个个儿都伸长脖子在等待这个瞬间，这是我们一生中最值得记取的纪念日。

哎呀，如果麦子也会喝酒，也能喝酒，而不是被人们酿成酒，我们真该喝点美酒才好！真该喝得酩酊大醉才好。风光的日子就要来啦，收割之后，经过脱粒与碾磨，我们会从木讷的麦穗一步一步变成亲切的白面，变成各种吃食，人们会用充满感情的语气提到我们，用含情脉脉的目光注视我们，会黑天白夜地惦记我们，会用牙齿与舌头颠来倒去地亲吻我们，我们会变成全世界的宠儿。

老女人一开始也是下地的，但她一下地就用麦秸秆折戒指，折得满地都是，被人们在脚下踩来踩去，她见了，就要鬼哭狼嚎地叫：戒指，我的戒指！

搞什么名堂？这不是混工分吗！人们就把她拖回去，让她跟小媳妇儿待在一块儿，那小媳妇，肚子正大着呢，人却越发地伶仃，像瓜秧上结了个硕大的冬瓜，她整天嚷饿，老鼠似的，总在家里四处翻箱倒柜。老女人却是熟视无睹不闻不问，只小心地抱着她的一团戒指，像老猫衔着新生的小猫，神情诡异地东躲西藏，每隔一会儿，就张罗着替戒指们另换一个隐蔽的地方，真太忙碌了。

收割后的大地，像癞子头，深一块浅一块，难看极了，幸好还有麦秸秆——我们留在大地上的下半身，干燥柔软，体态轻巧，妇女们一把一把地弯腰收拾，散发汗味的乳房反复地垂向大地，那无力而无知的风情，令我们百看不厌。

现在，麦秸秆们被堆成一个又一个的圆形麦垛，带着稍尖的顶点，像大团大团的新鲜牛粪，在初夏的晚风中散发出令人馋涎欲滴的干草香。妇女们一边擦汗一边抬头欣赏麦秸堆，脸上留下道道褐色印迹，她们浑然不觉，只笑嘻嘻地嘲弄老女人：瞧瞧，这些麦秸秆，能给她做多少戒指呀，够全世界的女人戴了！

但那成为笑料的老女人现在不做戒指了。要知道，她终于学会动脑筋了，她现在想明白了，她埋下去的戒指，跟麦种子一样，结戒指了：那两只戒指，在泥地下的那些日夜里，它们先是像冰一样化成水，又像水一样变成气，然后，慢慢从地里升出来，升到半空，升到我们的麦穗里，长成一串一串，躲在麦穗里，等到碾磨脱壳时再恢复原形，重见天日——她会收获到像麦粒一样无穷多的戒指。

这完美的推理给了老女人以强大的动力，她天天坐在大队社场上，没日没夜地盯着我们被割下来的麦穗，盯着从脱粒机里出来的麦粒，盯着麦粒压碎后变成的面与糠……她那样目不转睛、一丝不苟地看着我们，像看着性感的男人，把我们从衣冠楚楚看到赤身裸体，从镇定自若看到面红耳赤。哦，你信不信，我们被她看得！哦，太刺激了，太高潮了。

有人认为这疯婆子大概是要搞破坏，也有人认为她可能是饿坏了，总之，为了让她远离伟大的革命生产成果，或者，是出于对她疯癫的歉疚，有人称了几斤白面，记到她家账上，把她给打发回去了。

就在这里面吗？戒指就在这里面吗？老女人大声地扭过头询问，人们不理她，只管用力地把她往家里拖，像拖一个不省人事的醉汉子。

哦！白面！

脸色萎黄的小媳妇老远看到老女人，一下子伶俐地站起来，好像她肚子里面装的只是气球，而不是一个快要足月的婴儿。她两只泪水涟涟的眼睛忽然学会了拐弯，老女人走到哪里，她的眼光就拐到哪里，老女人在屋子里绕来绕去，她的眼光也就绕来绕去地织成了一张花纹精美的薄地毯。

小媳妇，你这会子该识货了吧，跟你常吃的那些瓜呀豆的比一比，它们算什么？看看我们，看看这又白嫩又细腻的面，多么高级！绝对精华！冬去春回，披星戴月，迎风纳雨，饮露食霜，我们是白白受苦的吗，我们图的还能是别的吗。

小媳妇真聪明，她一下子明白我们的意思了，瞧瞧她的眼睛，她看到的不仅是白面，还看到了白面的七十二变，烙饼、馒头、花卷、饺子、面疙瘩、面耳朵……哦呀，全在空中飘来飘去，像下起了一场白花花的漫天大雹子。

老女人拎着面粉袋，左三步右五步，前两步后六步，像蜜蜂在跳它们谜语般的舞蹈，她趺趺撞撞，寻寻觅觅，真真假假，最终成功地摆脱掉小媳妇视线的跟踪，在茅房后找到一小块不为人知的空地，黑黝黝的泥土上，除了虫子与苍蝇，除了落叶与狗尾巴草，再没有眼睛盯着她了。

好极了，老女人兜底提起袋子，把面粉一股脑全都倒到泥地上，细细地一层层翻寻拨弄。“我的戒指呢，我的戒指呢，你们快出来呀。”

黑的土，白的面，在老女人双手的揉弄下，慢慢地，那一小块地，成了混沌而富贵的灰色，叶片与草籽点缀其间，像是精心设计过的斑斓图案。

真长见识呀，这老女人，她给我们制造了一个奇妙的旅程，这样，当我们从种子变成面粉，竟又可以与大地重逢了。如此富有创意的结局，对麦子王国来说，前不见古人后不见来者。哇哈哈，真是躬逢其盛，何其幸也！

突然，我们听到一声尖利的叫声，几乎要划破所有人的耳膜。我知道，那是小媳妇的声音，看来，她会拐弯的目光终于找到老女人了，并为眼前奇异的画面所震撼。

这声尖叫，像是一根迅速燃烧的炮仗引子，它引爆了小媳妇的大肚子，一汪清亮的羊水几乎应声而出，顺着小媳妇的裤管流淌下来。仓促之中，有人抓起一大把麦秸秆往小媳妇身下塞去。天哪！羊水，我们小心翼翼地凑近了闻闻，发现它散发出麦芽糖一样甜津津的味道，这是个好兆头，会有喜讯从天而降的！

一些妇女开始进进出出地奔忙，小媳妇继续尖叫，一边涕泪交流，不知是想念那些消失在泥土中的面粉，还是为她腹部持续的绞痛。年轻男人和老男人都从地里赶回来了，家中人满为患，厨房里，我们被塞进灶膛，变成粉红色的火焰舔着锅底，热烫烫的开水咕噜噜沸腾起来。

老女人天真无邪地在一边袖手旁观，眼珠在每个人的脸上搜寻破绽，偶尔小声嘟囔一句：我的戒指……那许多戒指，肯定都被你们收割了去，在你们的白面里，你们吃面条时会卡到，吃馒头时会咬到，吃花卷里会呛到……

小媳妇单调漫长的号叫，突然在高音处戛然止住，像悬崖勒马；她四周的女人们却一齐闹哄哄地叫唤起来：好了，出来了，是个小子，瘦小子！

消息被一层层往外传，外面地上蹲着的老男人与年轻男人站起来，木讷地重复：是小子，瘦小子！

满地乱跑的儿童们拍起手无意识地叫喊：是小子，瘦小子！

老女人抬起她红肿的眼睛，鹦鹉学舌般也跟着嘟囔：是小子，瘦小子！

突然，她的小脚快速地挪动起来，双臂有力地拨开那些忙得披头散发的婆娘，一直冲到小媳妇跟前，在小媳妇疲惫张开的双腿间，她看到了那湿漉漉的粉红肉团，等不及旁人阻挡，老女人眼疾手快，一手伸过去，没轻没重地拎起来，在蜷曲着的下肢间，她看到了男婴的小雀雀。

哦！老天爷呀！我抱孙子了！

老女人忽然间两眼清澈，像水洗过的天空，她稳当当地抱起肉团，重新拨开人群，像冲过千军万马，一直冲到灶膛。她跪到地上，捧起一大捧最黄最松的麦秸秆，富有技巧地拼命揉弄，把我们的身体揉得绵软而芬芳，然后，才小心翼翼地，爱怜地，喜悦地，擦拭起男婴身上的黏液与血水，一边口齿清晰地大声吩咐呆立着的众人：去，熬红糖粥！去，染红鸡蛋！去，扯红棉布！

众人这才如雕塑般复活，僵硬地四处走散，却见老女人不知从何处掏出一个最为精巧的麦秸秆戒指，努力地噘着嘴巴，翘着不成样子的兰花指，把它套在男婴的小雀雀上——大小刚刚好。

2007 年 2 月 5 日一稿

2007 年 3 月 2 日二稿

盘尼西林

一

1. 从很小的时候就开始了，我一直愿意自己脆弱得像条细细的红线，像刚冒出的细嫩芽儿，惟脆弱若此，才能感知最轻微的风。后来，我果真如愿，成年后，我多情而敏感，对于美，有着近乎病态的痴迷。尽管，作为一个男子，这并不能算是种良好的品质。

2. 盘尼西林。

盘——尼——西——林。这四个字，我第一次听说，才虚十岁，但记忆深刻，她开合着湿润的薄嘴唇，跟我母亲摆摆手："我回去吃盘尼西林了。"听！就是这个，盘尼西林，多么稀罕，多么洋气，多么神秘！

每次她一转身走远，我就会盯着母亲追问：“盘——尼——西——林，那是什么？”能让她那样一个标致的人物惦记着每天回去吃，那一定是样好得不能再好的东西！

母亲神情古怪，怔怔地站在原地，望着她一步步走远。我知道，母亲一定也注意到，她走路的样子多么奇怪，跟我们所有的人都不一样，她好像是在一根窄窄的扁担上走，特别仔细而缓慢，两只小腿交叉着向前，屁股若有若无地左右摆动。

“盘——尼——西——林，那是什么？”十岁的孩子，不问清楚决不罢休。

“别问了。问她什么事儿！记住了，不准问她的事！”母亲小声地责骂，生怕被她听到。

其实我并不真的在意“盘尼西林”到底指什么，我只是想再一次证实母亲对她的态度——每次提到她，母亲都会表现得愠怒而无可奈何，她还会反复地告诫我：不要跟她说话！不要到她家去！这真奇怪，我的母亲，她一贯与人为善，门前经过的每一个乞讨者，她从不会让他们空手而过。

3. 这位经常使用“盘尼西林”的年轻女人，来得很奇怪。好像是一夜之间从天上掉下来的，掉到小村子里，掉到我们家隔壁。隔壁人家没什么人，只有一对年迈的老夫妇，他们对外宣称这是他家的干儿媳妇。可是……有人见过他们的干儿子吗？没有，甚至没有听说过！

因为地理位置的优势，村人们喜欢聚在我家的院子里谈论这个年轻女人。

她，实在是，太好看了，也太妖精了，皮子那样白，奶子那样大，屁股那样扭……有些男人会用粗鄙的语言，他们咬牙切齿、痛快地说出来，听着的男人也会下意识地咬牙切齿、觉得痛快，并跟在后面重复：是的，皮子白，奶子大，屁股会扭。

而女人们则会从细节上加以补充：她的十个指头尖得能掐死人，红红的……她的耳坠子好像有许多副，从来不见她重样的，还是真货……她其实不是有多漂亮，而是妖，是嗲，眼睛会飞……

谈论够了她的长相，大家才开始谈论其他的相关情节：我听说，她是从上海来的……那边开始关妓院了，她就是从那里面出来的……

狗屁，都解放两年了，这是新中国！全中国该关的都关了，怎么现在才轮到她？

你知道什么？先关的是首都北京！上海么，那里的妓女，啧啧，是全国之最呀，人又多，不好弄的，所以迟到现在……

那么说，他家还真有个干儿子？在上海把这妓女给收拢了？他也不嫌脏！

哪里，不是什么真的干儿子，是一个什么有钱的情种呗，舍不得她去参加妓女改造劳动，于是千辛万苦好不容易寻到我们这个乡下，先寄放着避一避，大概以后总是要带走的吧……

这人脑子进水，有那个钱，好人家的姑娘多着呢！

说不定，人家就是好个这口呢……床上的事情，都说不准的……

他们在瞎扯的时候，我母亲每每睁圆了眼睛听得十分仔细，像是完全忘了我，偶尔会警觉地四处张望——像打瞌睡的人突然惊醒，发现我也张着嘴在一边歪着头听呢，便用那种愠怒而羞恼的语气大声地赶我出去。

但年纪小有年纪小的优势，我以玩弹子、滚铁环的形式在院子里四处走动，一边慢慢地再次靠近……谈话在同一个主题上不断地重复，每个人都试图发表一些大同小异的观念。因此，即使只是断断续续，我仍然能弄清楚他们所掌握到的全部情报。对那个反复出现的“妓女”一词，我是完全陌生的，但从他们多次的讲述中，从他们讲述这个词的复杂表情中，我似乎可以感知：妓女，那是一样馋人的、永远都让人惦记着，要想吃的什么玩意儿，却又不能随便地吃，可能，就像猪油或者芝麻末，偷吃了就一定会被发现，会拉肚子……

不过，光是说妓女妓女的，她到底叫什么名儿呢，为什么没有人弄清楚这一点。

4.“你想知道我的名字？”她露出稀罕的表情，蹲下来看着我。我也看着她，第一次这么近距离地看她。她真的是美极了，完全符合我幼稚想象中的最高标准。

才是五月份，正过着端午节，要“吃了端午粽，才把棉衣送”呢，但她已穿上一件夹单的中袖袍子，粉紫的碎花，比外面的艳阳天还要乱人眼目，一股香气从她的领口飘出来，我嘴里马上涌出一大口口水。真怪，她又不是糖。

“嗯。想知道，要不然我怎么跟你打招呼呢。”我故意放慢语速，让自己显得郑重。

最近，我终于发现了一个瞒着母亲单独找她的好机会。正是麦子集中收割、脱粒的季节，因为要“抢天气”，男女壮劳力都处于一种待命而动的状态，队长指到哪里，就要打到哪里。每到这种收割季节，学校也要放“忙假”，大小孩就可以下地帮忙了；而半小不大、像我这样的孩子，则会集中在一些老人那里，看管着不要下河，不要碰刀，不要玩火。但老人们，哪里会看得住我呢，而且，我每次都会注意把握时机，决不溜出来太长时间。

“那么……我来想一想啊，我叫什么呢？”她抬起头，用手托起腮，我注意她手里还捏了块湖蓝色的丝手绢，“我叫宝贝儿，我叫心肝儿，我叫花魁，我叫头牌，我叫好姐姐，我叫好妹妹……我有许多名字呢，不知你喜欢哪一个？”

我感到她没把我当回事儿，这真糟糕，我着急得都要冒汗了，但我还是想跟她继续这样说下去，她说话的声音，就像她的腰，细细的，飘来飘去，一会儿左，一会儿右，实在好听极了，我想只要我回答了她，她一定还会跟我多说两句的："我……我喜欢你自己最喜欢的那个名字。"

她把丝手绢握到嘴上，一连串地笑起来："你这个小弟弟，真会讲话。这样吧，你就叫我姐姐好了。我喜欢你叫我姐姐。"

"我叫你盘尼西林姐姐行不行？"我自作聪明地学着她的语气，说出那四个陌生而神秘的字眼，故意不动声色，她会发现我多么聪明的！

"哦？盘尼西林，你知道那是做什么用的吗？"她停下笑，好像有点吃惊，研究地看着我。

"是……一种香烟的牌子吗？"我大着胆子猜。我想，她这种模样，好像应当抽烟的，像在月份牌里看到过的那种女郎，她们歪在美人靠上，一手支颐，一手半悬在空中。

"哦！有意思，一种香烟，没错，你很聪明……"她不太真诚地夸奖了我一下，有些犹豫。显然，我猜错了。

"你不问问我的名字吗？要不我也说几个，然后你选一个你喜欢的？"我故意讲傻话。我渴望再次看到她用湖蓝色的丝手绢捂到嘴上笑。

"你么，不就是小弟弟么，小弟弟……"她果然再次捂着嘴笑了，但这次笑得跟方才不一样，我听得再次冒出口水来。我注意到她的眼波忽然流转了一下，往我的下身扫了半眼，然后，接着轻声地娇笑。

5. 多年以后，有一次，我喝多了酒，有点晕乎乎的，不知怎的，就跟到我家来玩的一个朋友说起我十岁时的那位“盘尼西林姐姐”。

我记得那天也是端午节之后，外面同样是五月的艳阳天，暖风从窗外一阵阵吹入，我仿佛又回到了十岁那年，闻到她脖子的香气，看见她粉紫色的中袖袍子，手里的湖蓝色丝手绢……于是，我就开了口，一五一十地说起我跟“盘尼西林姐姐”的那些对话。

那朋友自斟自饮，听得津津有味，等我说得告一段落，他眯起眼睛笑话我：“天呐，怪不得，你在十岁上，就被一个‘鸡’给开始启蒙教育啦。”

他嘴里说出“鸡”这个刺耳且败兴的字眼，突然间让我勃然大怒，我一把抓起他的酒杯，“啪”地扔到地上。

那朋友很吃惊，眼神茫然而受伤，他显然想不通，为什么我突然翻脸！妻子从厨房闻声而来，两只手在围裙上不知所措地搓动，她把朋友拉到一边，低声对他解释，他们一起回头看看我，像看一个缺乏自制力的精神病患者……我长叹一声，颓然坐下。地面的碎片里有些残酒，残酒慢慢地洇开，那颜色令人悲戚。我暗中掐指算算，我的那位“盘尼西林姐姐”，如果还活着，也应当已是齿摇发疏、不堪一阅了吧……

二

1. 我小时候，父亲长年不在家，他在部队里，在那里做什么呢，全中国都解放了，坏蛋都打光了，你还在部队干什么呢，十岁的我似乎问过他，他回答得模糊，他用“保密”和“纪律”来解释他终身的职业。总之他就没完没了地待在一个不为人知的地方，做着不为人知的事情，或许那是另一个星球吧，他每天都在用神奇的望远镜监视地球上的生活，谁知道呢，这种神秘性一直保持到他死——某日，传来他被流弹射中的死讯。何时、何地、何故，皆语焉不详，他就和他体内的那颗子弹一起，完美无缺地消逝了。但那已是我十三岁时的事情了，要说我多么伤心，这不够诚实，毕竟，他在我的经验里，实在太过抽象。当然，长大以后，出于世故之需，我会在一些需要的场合，提到父亲，带着不太诚恳的自豪与尊敬。

父亲长年不在家，这只是一个小小的背景，但可能正是它，决定了我生活的许多细节与走向，你接下来会知道，背景其实往往也是未来的前景。

2. 端午节都过了半个月，但我们家的粽子还没吃完，一直都这样，包饺子、包粽子、煎茄夹子、煎藕夹子，各个时节的吃食，我们母子两个都会吃很久，这种节俭而克制的感觉我很喜欢，就像与几个孩子一起吃糖块，当别人的舌头上都空空荡荡，可你的齿间还有一块晶莹、亮闪闪的小固体，那种独享的甜蜜！

早晨，我与母亲，为了最后一只粽子反复推让，我说她要出去做工，肚子容易饿，她说我是小孩子，要长身体。母亲开始喝稀饭，我则开始动手剥粽子，说我们可以平分。一片细细的粽叶顽固地粘在我手上，我舀了一勺水慢吞吞地洗手，仔细地抠去手指上的一粒糯米，母亲扛着连筛（一种用来打麦子的农具）在门口不耐烦地催促，她急着要到公社的大晒场上去，那是要算工分的。

最终她等不及，先走了，让我等会儿自己到集中看管孩子们的老人家里去。

“好的。”我平静而厌烦地作答，不敢显得诡计得逞、如释重负。等她一走，我就急忙忙把水泼掉，对着镜子整理好我的衣服，然后，快活而无限幸福地端着我剥在碗里但没舍得吃的那只赤豆粽子，往我隔壁的“盘尼西林”姐姐那里去了。

那应当是我第一次有意识地想要取悦一个异性，完全是不加追究不加思量的，真是发乎天然，宝贵极了。短短的路程，我走得心潮澎湃，对她的反应充满期待：端午节都过了这么久，没有人再会吃到粽子的，虽然不是纯糯米的，但它毕竟是一只货真价实、令人垂涎的粽子不是吗？我从小就喜食粽子，所以推己及人，认为“盘尼西林”姐姐一定也会喜出望外，体味到我的一片赤子之心。

3. 她惊讶地先看看我，而不是碗里的东西。都这么迟了，母亲一天的工分可能都挣下四分之一了，她却好像才刚刚起床，歪坐在一张小榻上发呆，一件短短的白色毛衣——那是毛衣吗，为什么全是洞洞眼——搭在肩上。

“喏!”我冲她伸出手去，把碗举得高一点，我庆幸自己来得真巧，“正好给你当早饭吃!”

她这才注意到我的碗，跷起手指来懒洋洋接过去，然后定睛看着：“包得这么大呀！我从前吃的粽子，这一个能分成六个!”

那当然，母亲做吃食，一向粗枝大叶、删繁就简二月花，或者这并不是她一个人的特色，我们这里的妇女，都是这种风格。大粽子、大馒头、大包子、大肉片，吃起来最过瘾不过。我自豪之极，点点头，接受她的夸奖。

“我最讨厌吃这种疙里疙瘩的东西了，什么糕呀团呀饼呀的，不好消化，我胃不大好……再说，这么大，哪里会有粽叶子香味！而且……”她突然吸吸鼻子，警惕而不悦，“而且，你闻闻？你不知道吗？它都馊了，馊得厉害，不能吃的!”

我举着碗的手收回来，放到很低，低到我的裆处了。她不看我，只慢条斯理地站起来，往里屋走去：“小弟弟，跟我过来。”

我伤心吗？感到羞愧吗？完全蒙了吗？一份刻意准备的礼物谈笑间灰飞烟灭、一文不值!

不知道，我抬着头看她，一扭一扭地，像走在一根狭窄的扁担上，小白毛衣轻轻地飘动。我忽而又觉得，她这样对待我、对待那只粽子是理所当然的，她是什么人呀，她是吃“盘尼西林”的，她是穿粉紫长袍的，她是用湖蓝丝手绢的，怎么可能跟我喜欢同一样东西……反之，若她果真感谢不尽地吃下这枚粽子，我说不定还会失望、会若有所失呢！谁知道呀！

唉，这古怪而曲折的心思！我站在原地，对碗中的粽子凝神注目，意味深长，荒诞感突至：这碗里，到底装的是什么呀？

在房门口，她招招手，把我喊进去，然后，从小条桌上搬起一个红漆的大盒子：“来，咱们吃些真正的好点心。”

大盒子，像一个新世界，突然在眼前打开，那里面的东西，我一样也没见过，陌生的香味扑鼻而来。这一定就是“盘尼西林”吧？

……像她每天所做的那样，正跟我母亲说着什么呢，突然想起来似的，转过头，淡淡地瞟一眼我母亲，神秘而骄傲：我要回去吃盘尼西林了。

4. 我的手伸向那点心，手与点心之间，距离突然被无限拉长，像橡皮筋那样，我伸过去，再伸去，终于，在接近终点的瞬间，我艰难而决然地停下。

我想起母亲愠怒而无奈的眼神，她罕有的严厉禁忌“不准问她的事，不准到她家玩！”；她与我相依为命，她给我的一切照料与疼爱……而现在，我欺骗她，去不可去的地方，见不该见的人，把她省给我的粽子作为不被认可的赠礼，欺骗一件叠加着一件，简直罪过重重，而我以前，从未如此！

我面红耳赤，感到自己背叛了母亲，似乎有着不可告人的罪恶……可这罪恶到底是什么，如此空荡荡、不可捉摸……

5. 我突然想起一些事情，小时候的，关于母亲的。

有一些夜晚，当我醒来，会看到母亲坐在黑暗中的床头，不知为何，她常常无法入眠。我伸手过去推推母亲，却碰到一大片光滑燥热的皮肤，无边无际——母亲好像是裸着身子的……蒙眬之中，母亲俯下身来轻轻地拍我，催我入睡，我无法知道，她还会那样一直坐多久。

还有一次，是个夏夜，我与母亲坐在晒场上乘凉。为了省油，我们没有点灯。可能是快要下雨了，闷热之极，没有月亮，四周黑沉沉的。我那时几岁呀，也许只有五六岁，穿着一条旧纱布裤衩，躺在一张小竹床上半梦半醒。母亲在一边替我赶蚊子……因为四处无人，她也脱了上衣，坐在那里，徒劳地想要等一丝微风……我快要睡着的时候，好像听到有男人在附近说话，非常轻而小的声音：求求你了，就这一次也好……难道你就甘心长年累月这样待着，不做那事儿，你看看，你男人都完全把你给忘了……

我害怕之极，眼睛都不敢睁开，我只惦记着不知道母亲的上衣有没有穿上……

“怎么了？快尝尝，这可是上海滩义利公司一流牌子的饼干。”“盘尼西林”姐姐递过来一块被烤成金黄色的心形饼子，上面粘着一圈迷人的白糖粒子。

我突然丢下她，跑出来了。我把我的碗以及里面的粽子都落在她那里了。“嗳，小弟弟，这是我送给你的，怎么不要呢——”我听到她在后面拖着细细叱怪。

的确，今天可能不是一个适合赠礼的日子。

三

1. 在我三十多岁的那几年，我曾经特别迷恋电影，可能那也是国产电影最为兴盛的一个阶段。

坐在电影院里，周围常常是嗑着小袋瓜子的年轻人，他们在黑暗中悄悄拉手，也有个别大胆些的会迅速而胆怯地彼此亲吻，迈出恋爱生活中值得纪念的重要一步。我坐在他们中间，从头至尾一动不动，不吃零食也不东张西望，别人看来也许显得落落寡欢，实际上我全部的心思都集中在屏幕上。我还瞧不上那些在电影院里一心二用的家伙呢——到现在，我都保留着对影像屏幕的无限尊重，哪怕看一部烂片，只要开了头，都不肯中途放弃，就像有些敬惜字纸的农妇，舍不得扔掉半张纸片。

那时候，我的口味似乎过分博爱，好似刚刚从荒凉的戈壁进入人工小树林，任一片叶子都会让我发现它与众不同的美。《玉碎宫倾》里的林芳兵，她的侧面有雕塑感；《白莲花》里的吴海燕，那是真正东方特色的樱桃小嘴；《红牡丹》里的姜黎黎，当她在奔驰的马背上回首，其风尘与贞烈，所有观者都会为之屏气；《大桥下面》的龚雪，不够漂亮，但她淡淡的忧伤深得我心；《少林寺》里的丁岚，那身装扮，最具有甜美之气……但博爱往往意味着，还没有碰到最爱，这往往让我怅然若失。

每当电影结束，屏幕上还在滚动着演职人员的字幕，人们总爱争先恐后地踩着一地的垃圾出门，这是国人的习惯，那般无情无义，好像全然忘了刚才所感受到的欢喜与激动，他们只迫不及待要抛下电影院，重新进入闹哄哄的世俗生活。我则不然，我会一直在那里坐着，直到屏幕完全黑下去，黑得单调而丑陋，我会一往情深地睁大眼睛一直盯着屏幕，想象一个我最满意的演员，真的，这么一想，她果然就出现了，在没有背景没有观众的屏幕上，只为我一个人表演，她笑，她忧郁，她跑动……

突然有工作人员在地面扬起一阵阵灰尘，穿着蓝大褂的他们总有着一模一样粗暴的嗓门：嗳，早散了，怎么还在这里！

想赖下一场啊？

突然被打断的我显得有些失魂落魄，几乎是落荒而逃……在撩起出口处沉重而油腻腻的厚布帘子时，我重新回头看看空荡荡的屏幕，突然想起来：刚才，我所看到、最为满意的那个演员……她是“盘尼西林”姐姐！

2. 在我送去粽子的第二天，“盘尼西林”姐姐到我家来还碗，一只空碗，那只馊掉的赤豆粽子当然早已消失不见。母亲把脸转向我：“这碗……”

我急忙扭过头去，生怕母亲从我的眼睛中看到什么。“盘尼西林”笑笑，假装不在意我的窘态，她变魔术一样，从身背后拿出几块点心，形状像梅花，放到空碗里：“这个，给你们俩尝尝。”

母亲的注意力被吸引到碗里的点心上，她口吃起来，两只手在围裙上搓动，消受不起似的，还有内疚或是别的什么：“妹子，这……”我看出来，母亲在瞬间对“盘尼西林”产生友谊了。

晚上，母亲把点心放到我的床头，把其中一块掰成四份，让我一边吃一边睡。那时候，我们总是相信，睡觉前吃好东西是最划算的，可以放在肚子里慢慢养着，养一整个晚上，从而得到最充分的享受和吸收。上海奶油小点心的滋味，至今舌尖犹存，或者，之所以那点心能够好吃到那种程度，只是因为，它经过了“盘尼西林”姐姐的手，她的香气亦已融入其中，我在饼干与“盘尼西林”姐姐的香气中满足无比，慢慢睡去……

3. 可能是在梦中，或者是我中途醒了，我看到“盘尼西林”与母亲一起坐在床头，她们把脚都伸在被子里捂着，上身披着外套，倚在枕头上，她们头靠着头，不知在说些什么。她们声音很低，而且，我竟是不大听得懂……我努力地分辨那零星听得清楚的字眼：客人。一天三四个。戒指、手链。各种各样。换姿势。太脏了。生病……这全是“盘尼西林”的声音，听听那些词句，似乎应当是一些不大好的事情，可我听她说话的腔调与语气，却有点我所费解的情绪，比高兴再高兴一点，比激动再激动一点……

我悄悄抬起睫毛看母亲，更奇怪了，她也变得极其陌生了，一贯贤良多礼的脸上，现在几乎完全相反，那种表情，太古怪了。我依稀记得，父亲回来探亲的几个晚上，我夜里起来小手，母亲与父亲仍然醒着，当时，母亲从被窝里抬头看我，似乎就是这种表情……母亲两眼闪闪发亮，只管眼巴巴地盯着“盘尼西林”，好像她正跟着“盘尼西林”进入一个什么完全陌生的国土，她急切地想要倾听后者的引导与讲解，有时还催促几句，或者询问具体的细节：“真的呀！一共几个人？你疼吗？那后来呢？”之类。

她们到底在说些什么呀，我怎么也弄不明白，但有一点我很感欣慰，最起码，母亲已完全接纳“盘尼西林”了，我以后，可以心安理得地与她交往……这太好了。我重新睡去，并试图接着刚才的梦做下去，在梦里，我吃着她的点心，还吃到她拿点心的那只手……

四

1. 成年以后，我常常注意到环境与故事的反差，反差其实是另一种更有力量的激素——我的意思是，大部分时候，人们喜欢在和谐的环境做相应的事情，比如，在花红柳绿的小河边拍照，在灯光温暖的茶馆里谈情说爱，在冠冕堂皇的地方讨论利益问题等等。那样的搭配，只能算是比较保险而已，但效果肯定不是最好。

想象过吗，在肮脏的货船码头与一个单身女人接吻！在讨价还价的菜市与一尾濒死的鱼合影！在嘈杂的街头与朋友坦白你的性故事！我常常都会有类似“浑不搭”的奇异幻想，并坚持认为，这样的“浑不搭”才具有真正的激情，才是生活所要赠予我们的珍品——这种不大说得通的见解，如果真要追根溯源，可能还是跟童年记忆有关，跟我与“盘尼西林”的交往模式有关。

2. 五月六月，在五十年代的乡村大地，新中国的新气象如火如荼，到处都是一派热火朝天、只争朝夕的景象，男人女人们早早地赤上脚、挽起了裤腿，有种大干一场的架势。有人喜欢在弯腰收割时打号子，有人喜欢跟在牛车后大声吆喝，有人走在路上会突然唱起土戏，有人一脚踩到毛毛虫或小青蛙，却快活地放声大笑，叫旁边的人来看那血淋淋的场面。这是五六月的乡间，万物开花，万物生长，有种令人坐卧不宁的气象。

我与“盘尼西林”，却只放下帘子，坐在她屋子里。外面再怎样闹到天上去，里面还只是一片小小的静。室外的热闹、昂扬；室内，冷清与淡淡的颓废气、遗世独立，着实不搭调——我明确地感受到那种不谐，并为之激动不已，好像这正是我所喜欢的落差，所中意的气氛，所向往的场景。我的小心脏乱跳不已，十岁的少年，敏感之旅的第一段航程。

她用她的私藏来招待我。一开始，是吃的。

她把小点心们分门别类放在小碟子上，然后一样一样地详细介绍。星牌奶油巧克力、五香豆、梨膏糖、蝴蝶酥、沈大成青团、干丝红枣……配合每一样点心，她都要说起一个与小点心有关的人，是什么人第一次买了这个给她尝，那是个什么季节什么天气，他们当时说了些什么等等。听上去，她要么是记得一清二楚，要么是忘得一干二净，现在只是在重新编排而已……

不管是真是假吧，我并不打算说穿，因为我并不在意。我喜欢看着她的手：食指与小指高高翘起，无名指微微半张——我其时尚不知，这是一个标准的兰花指。每样点心的小故事讲完之后，她才用大拇指与中指取起一块点心，她先尝半口，又递给我，让我在她手上也咬半口，接着，她再吃半口，我吃半口……那样小一块点心，我真可以一口吃三个，但到了她的手心里，多神奇！我就愿意这样慢慢儿地吃了，哪怕是一粒一粒地吃……

有时候，她也会让我喂她，而这，往往是我最手足无措的时分，我上身不够长，得站起来，还得再往前挪几步，才能把点心送到她的嘴边，她眼睛看着我笑，红嘴唇轻轻张开一条小缝，那模样，再也没人有她那么美！

我总在担心，她的点心哪一天就会全部吃完。可她悄悄笑起来："不会，你不知道吧，我的朋友很多，他们总也忘不掉我，总有人给我往这里捎呢……"

"那么，'盘尼西林'是哪一种？怎么从来没吃过？"有一次，我大着胆子问。毕竟我们现在已经很熟了，看她对我这样大方，向她请求吃一次"盘尼西林"并不算太唐突吧。

"哦！哈哈！哦！哈哈！"她前仰后合地笑起来，让我浑身发热的笑，她的脚都要跷起来了，见她这样，我也感到高兴。突然，她以一个很快的动作站起来，到柜子里拿出一个茶色的小药瓶，一边摇晃着让里面发出声音一边递到我面前，我注意到，上面写的全是字母一样的东西："喏，这就是'盘尼西林’，进口的外国货！就是你以为的高级点心！”

看那模样，我这才明白，原来那是药，原来姐姐是生病了，她一直病着呢！那我可不答应，我情不自禁地扑上去，抱住她，我的个头儿才刚到她的胸部，我仰起头，神情一定十分殷切：“姐姐怎么了？哪里怎么了？”

她把我轻轻抱住，低下头也看着我：“小弟弟，没白疼你，虽生在这小户人家，还真长了副宝玉心肠呢！我病的那个地方呀，不好告诉你的，不过你放心，我不是有‘盘尼西林’吗，暂时死不掉的，估计也好不了，说不定就是慢慢坏了、烂了……”

她慢慢地好像沉郁下来，一言不发地抱着我，紧紧地。我感到憋气，想脱身，却挣不动——她搂住的好像不是我，而是另外一个什么不在场的人，或者，搂的就是她自己而已……

3. 点心的故事之后，“盘尼西林”姐姐开始给我讲她的衣服。

仲春，外面的阳光软绵绵的，总有各种各样的小虫子嘤嘤地飞来飞去，令人躁动而困倦，稍微动一动，就会热得穿不住衣服，但母亲讲究“春捂”，仍给我穿着薄棉袄。

“盘尼西林”姐姐一边笑话我，一边从她的衣柜翻出她的衣服。她的床上，现在已经摊了一大堆了，各式各样的中袖、短袖、无袖的袍子，一些长长短短的披肩，还有几套浅色镶边的洋装。

讲衣服要比讲点心麻烦一些，她总要一套套穿了，才肯说出跟这衣服有关的故事。每到换衣服之时，她总叫我转过身去，还不放心，又往我头上扔一件毛衣。有了毛衣的掩护，我会悄悄地睁开眼睛，从那网格眼里往外看。

毛线网格眼的世界——那样疏而漏，像是隔着放大镜，或是穿过万花筒，事实上，我能瞅见每一个细节，并且，那细节还被划分了、放大了、夸张了……但我并不回过头去，我宁愿看不见她，我宁愿只听听那些声音，她的皮肤与绸布摩擦，她的胳膊从袖管里穿过，她的头发从披肩上滑下。然后，我听到她的腰肢在微微扭动，她一定是在照镜子，左顾右盼，等她自己完全满意，她才会一把从我头上捋下毛衣：“呆小孩，呆弟弟，转过来，看姐姐好看不好看。”

当然好看，她穿什么都好看极了。她的臀窄而翘，腰肢往里深深地陷凹，上半身她故意地挺拔向前，而颈子两边的耳坠，配合地一亮一闪。

但我那时多笨多拙呀，总张口结舌说不出什么，只傻乎乎地看着她慢慢地在我面前转着圈子，头微微后仰着，像在倾听远处的曲子，同时还摇着她的身子，一直摇到往事里去。每件衣服，她在哪家店铺所选，又是哪位大师傅所裁，她第一次穿着它，见了什么人，发生过什么事……她的眼神远而空，好像一直看到她的前身与后世。

翠绿碎花的袍。大红的衫。冰蓝的斜襟。桃红的套装。纯白毛茸茸的披肩。

这些，对一个十岁的乡村孩童，是多么艳丽而深刻的刺激。我至今还记得那些颜色与样式，记得穿在这些衣服里的“盘尼西林”姐姐。她其实，不是在展示衣服，而是在展示她所有的风月之情，她曾经的熠熠风华，她舍不得远离了，生怕自己会生疏了，这样，哪怕观众只是个不解风情的农家小男孩，她也还是愿意这样，临水照花，纵容自己一脚跌进粉与脂的往昔里去。

真应当感谢那些！我所有关于性感的启蒙，可能就是来源于她。我终身都喜欢皮肤白皙、修长偏瘦的女性，喜欢讲究衣服搭配的女性。最好，她们还要有一点点媚气，偶尔会让手指翻翘、让腰肢扭动。不只是关于女体美、关于服饰美，还有其他，十岁的我，因了那些触目惊心的感观，第一次升腾起一种温柔而凄清的爱意，类似于崇敬与疼惜……所有那些场景，像是烙铁一般，已打入了我的趣味之中。

此后的漫长一生，直至现在，对于美丽的事与人，我都会不管不顾地缠绵不止，“美”，是我终身的磁场，尽管生命本身诸多坎坷、历经困苦与荒诞，但时时刻刻，我都会突然感觉到“美”在瞬间的降临，那是残酷生命的唯一饰品，是慈悲上苍的精心施布。

五

1. 母亲与“盘尼西林”姐姐的友谊，奇怪，总在夜间，总在我睡下之后。

她们之间的好，不像别的妇女们，会在一起纳鞋底、洗衣裳、蹲在树荫下喝稀粥，说起小鸡苗的死、小猪崽的肥，说起晒场边上坏掉的篱笆之类，总之，一边做事情，一边谈论那些极度现实却又让人瞌睡的事情。

而母亲与“盘尼西林”，她们似乎总在深夜里、在床帏间、在我昏睡之时、在世界不相干扰之际，她们的友谊才有了生长的土壤与空气。她们像两只飞翔的夜鸟，总在我梦境的边缘出出入入，一边窃窃私语着我不大懂得的非日常话题。现今回忆起来，从那些朦朦胧胧、零星听来的片断里，我想，她们的谈话，跟“盘尼西林”的柳巷生涯有关，又跟我父亲的长期不在场有关，还跟我母亲高度自制的性格有关……

总之，这样的友谊，对“盘尼西林”而言，可能并无什么特别，最多是她有种倾诉与展示的需要；但对母亲而言，小时候我尚不知，而今看来，不亚于是给她另外撩起了一幕放纵感官的窗帘。我感到，好像恰恰是因为与“盘尼西林”的交谈，在后者所描述的种种烟花场景的刺激之下，母亲的生活开始裂成了两半。

白天，她依然跟从前一样，是个身形结实的公社女社员，因家中没有男劳力，她经常混在男人里面干重活，以图挣大工分。她穿的衣服完全没有样子，质地总是粗粝，以结实耐脏为第一要务，而颜色似乎是没有的，我从来不记得，母亲曾经穿过大红、纯白或鲜绿色的衣服，总是灰蓝、铁色、褐色、土黄之类，她俯身在大地上干活，好像便与大地上的谷物们的枝杆融为一体，无法分辨……我记得她粗粗的小腿，浸没在混浊的水田里，上衣沾满干结了的泥浆，掉了色的头巾上粘着麦芒或稻壳。男人们好像不大注意到她，或者说，她尽力把自己的性别藏匿起来。她就是一个社员，而社员，没有男女之分。

而晚上，一开始，当然，只是“盘尼西林”来做客的那些夜晚，摇曳的灯光之下，母亲似乎变成了另一个她，她把头巾摘掉，学着“盘尼西林”那样把头发散下来，梳到一侧，这让她的面部线条似乎变得柔和了一些，她穿着淡色的内衣，或许是发了黄的白，总之，模样干净，那干净里似乎有所期待……

不过，她永远不会期待到什么。在所有的村人、在她自己的心中，她已经是定了型的一个人：一个社员而已。但是，也够了，“盘尼西林”淫邪隐秘的往事，于她而言，已有画饼充饥的效果。总之，灯光下，母亲的头像在帐子的拐角处折成两半，她一动不动，满意地聆听，聚精会神、舍不得丢下片言只语，似乎这便是赐予她一天劳作的最好滋补。

2. 而“盘尼西林”不来做客的那些夜晚，母亲的表现，在我看来，是更加异样了。

她总是先唤唤我的名字，低一声，高一声，以确认我已经睡着。然后，她会仔细地拉好窗帘，回到屋子中间，慢慢地脱了外套，又脱了衬衣，再脱了小汗褂子，直到露出她白白一大片的上半身。然后，她把床头柜上那面有了蚀斑的旧镜子举起来，一手托着油灯，一手拿着镜子，左右移动，一点点地照着自己。

我睡在侧面的一张小床，略略睁开眼，恰好可以看到她手中的镜子，只看到半片——灯光不够好，镜子不够亮，我亦不敢放肆，但那模糊、紧张的短暂一瞥，却实在让我印象深刻——直到今天，我还记得母亲的乳房。我不知道，有多少男子，像我这样，在小时候有意无意地瞧见过母亲的乳房？十岁的年纪上，说懂也是懂了，说不懂也是全然不懂。我屏住了气，一动不动地盯住那半片镜子里的一切。现在想来，母亲的乳房可能算不上多美，轮廓大而模糊，有些下坠，两个黑黑的乳头有些突兀，缺乏应有的美意。我当时，完全是给吓住了，惊吓得痴住了，眼睛无法移开。

我看不到母亲的眼光，她在审视、打量自己胸部的同时，在挑剔吗？还是自豪？她到底想要看到什么？发现什么？不得而知！

突然，母亲放下了油灯，从镜子里，我看到了一只手，轻轻地抓到乳房上去，缓慢而带着劲儿地移动抚摸……我当然知道，那是母亲的手在抚摸她自己，可是，从那半片镜子里看去，多像另外一个人的手，多像有另外一个人正从后面拥抱着母亲，轻佻地揉弄她！

我紧张不安，终于承受不住这种难以描述的景象，闭上眼睛不再观看……我听到母亲突然放下镜子，很快地钻到她的被子里。她被单下铺的是晒干了的衰草，那些干草，也突然激动了起来似的，发出窸窸窣窣的摩擦声，那是母亲在翻身吧，她似乎在持续不断地翻身，她的喉咙里甚至发出一阵细细的呜咽声……这种哭泣，听上去为什么却又像是一种压抑住的笑，好像有人在呵她的痒，搔她的胳肢窝……

3. 最近几年，我曾花许多时间流连在各种大大小小的画展里。在那些良莠不齐的画展上，我经常会看到正面、侧面的各种裸体女像，并且，有那么一种潮流，模特儿总是笨拙而结实的，不求美，而求真实与普通。这些人体画，也许在手法和创意上，并无丝毫特别之处，但我常常会停在那里，怀着极为复杂的心情专注地凝视那些裸体的陌生女人。她们的身形与胸部，一次又一次唤起我遥远的回忆，关于我的母亲，她的白天与夜晚，她与“盘尼西林”的友谊，她被“盘尼西林”唤起的性饥渴，在父亲长期在外的那么多夜晚，她与她锈蚀了的镜子，她与镜子里的那个身体……

六

1. 直到现在，离开乡村很久，在各个时分的收获季节，我都会有一种特别的激动之情，像是远离大海的鱼干，仍旧可以感受潮汛所至的月亏月盈。大地上万物生长、果实累累的欢腾景象似乎也总能准确地击中我的身体。

五月份的麦子，它们尖而金黄的芒针刺得整个月份都令人浑身刺疼、坐立不安。油菜籽与芝麻们的成熟期短暂得犹如爱情，如果不及时收割，它们会在最快的时间内爆裂开来，把芬芳的滋味白白赠予脚下的土地；八月份，瓜果们懒洋洋地挂在枝藤上或躺在地上，任人采摘，任虫蝇与禽类叮咬吞噬；十月份，大豆沉重的外荚变成低调的黑色；秋风中，妇女们围着硕大的围兜，像挺着大肚皮，从坚硬的外壳中摘起轻薄的白棉花，那感人的色泽，像是米勒的油画；严冬里，从厚厚的雪地里挖出碧绿的冬青菜，像从沙漠中掬起生命之泉……我真的有过这些甘美的记忆吗？或许只是一种常识之下的想象？我不知道。

我有时会长时间地坐在阳台上，尽可能地极目远眺，像要穿过一大片丛林般的时间，再次回到大地的怀抱，用手指蘸起被人们用铁锹不小心铲破的汁液放到嘴中深情地吮吸——山芋的汁液，黄色，甜而黏；嫩玉米粒的苞浆，轻轻用指甲一碰，白色的汁水，初奶一样喷出；芋苗或山药的皮下分泌液，带着苹果拔丝般的黏稠，手掌触及之处，立即发痒，痒不可耐，像在跟你开一个笨拙而陈旧的小玩笑。

我们母子与“盘尼西林”姐姐的交情，可能也算是另一种令人发痒的小果实，这果实，光滑好看，色泽不同寻常，温情而艰涩，充满种种误读与想象……这果实好吃吗，没办法知道，它不宜剥开，不宜食用，不宜种植……它的一生就始终只能是一枚果子。

2.“盘尼西林”与我们做邻居，前后算算，可能，也只有大半年。到了秋季，她与我们一家，其实也就是我与母亲两个，已分别建立了不为外人所知的情谊。

春日头，夏之夜，秋暮中，我与母亲，必定有一个人，与“盘尼西林”在一起，用各自的方式，在美的边缘，在寂寞的边缘互相抚慰。

我是说，“盘尼西林”在我这里，她可以自由自在地诉说她的秘密细节，我是最好的、最安全的听众与观众，她的风情可以不至荒疏。我在“盘尼西林”那里，亦可获得我最好的性感教育，接近爱与肉的体验。而母亲，她的良家生计，与“盘尼西林”的青楼往事，这里面的相互弥补之道，这里面的猎奇之心，虽是不大体面，却也是可以理解的……这样的三角形友谊，添一笔太肥，减一笔太瘦，我们三个，好像就这样安逸地沉浸其中了——一般都是这样，当人们处在某种稳定的情境中，总是无知无觉，以为那一定会永无止境，却不知，离歌已悄悄唱起。

3. 我并没有看到那个戴礼帽的老年男人，但母亲看到了。

戴礼帽的男人在黄昏时分来到，他的帽檐下压，加之暮色浓厚，不要说面孔，甚至猜不出他的年龄，显然，这便是人们纷纭传说中的那位“干儿子”了。他礼节性地到前屋拜会了两个老者。母亲说，他一边走着，一边从胸襟的口袋里往外掏东西，明摆着，是在付钱给那名义上的父亲母亲了。

很快，他向后门走去，走到“盘尼西林”房子里。他一定是带来了什么消息与变动，或者有关前程的出路，总之，“盘尼西林”好像突然就哭起来，嘤嘤而哭，那声音，长而轻柔，有如水草从我腿上滑过，然后又如炊烟一样，慢慢淡下去了。

天色完全黑了之后，“盘尼西林”已收拾好她所有的东西了。两只大藤箱，一只小拎包，她穿着一件黑色的长披肩，完全是出远门的样子，完全是一去不返的样子。戴礼帽的男人让人在村头叫了辆牛车，现在，那牛车，带着牲口特有的粗鲁与臭气，就停在我们家门口斜对过了。

“盘尼西林”走过来，走近我们，这是道别的意思了。我与母亲，呆呆地倚在门边。我不知道我有没有控制住我的表情，但我知道母亲并没有哭，因为还有一些前来闲看的邻居，也三三两两地站在一边，看什么小戏似的。

“盘尼西林”递给我们一个小包袱，她也没什么表情，也许因为夜色太重了，我什么都看不清楚。母亲暗中捏捏我的背，我伸手过去接过包袱，指尖好像碰到她的指甲，我好像突然才想起来似的，她有一手细而长的指甲，不知用什么特别的东西，染成厚厚的红，但那红，到我们这里来了之后，开始一点点剥落了，这样，她的手伸出来，像被雨水打过的芭蕉似的，残红委地。

牛车固执而慢慢吞吞地远去了，我们都没有说什么，可能也并没有什么好说。等人们都散尽了，母亲才把我叫到房里，她拉上窗帘，打开包袱。里面，是一盒整整齐齐的点心，可能我都已经吃过，但母亲，必定从未尝过。母亲拎起点心盒子，匆匆地看了我一眼，似乎有点失望。突然，一条湖蓝色的丝手绢轻飘飘地滑出来，一直滑到冷冰冰的地上。母亲如获至宝，认为这才是给她的离别之礼，她用太大的劲握起那条薄绢，紧紧地贴到脸颊上。但我觉得，母亲可能弄错了，这手绢，一定是给我的，让我晚上睡眠时放在怀里做梦用的。

2006 年 12 月